오랫동안

장석주
시집

문예
중앙
시선
013

오랫동안

장석주
시집

시인의 말

평생 앎을 좇아 다녔다. 늙고 병든 사자가 먹잇감을 좇듯이. 왜 그토록 앎이 절박했던가! 있음이 없음의 말미암음이듯 앎은 모름의 말미암음이다. 처음엔, 앎은 앎이고 모름은 모름이었다. 나중엔, 앎이 모름의 바탕에 세우는 것임을 알았다. 앎이 작은 모름에서 큰 모름으로 나아가는 과정임을 뒤늦게 깨달은 것이다. 내 앎의 진화사에서 모름은 의롭고 오연했다. 『주역』을 만났다. 몇 년간 꾸역꾸역 『주역』을 읽고, 꾸역꾸역 살림을 꾸려왔다. 『주역』을 안다 하면 십중팔구 가짜고, 모른다 하면 어리석다. 작은 앎에 의지해 살았던 지난날은 모름과 어리석음이 자라나는 시기였다. 내 심장과 피, 살과 뼈는 큰 모름 속에 있다. 내 시가 큰 모름이라는 토양에 뿌리를 내린 것은 후덕한 사실이다. 내 시는 작은 모름과 큰 모름의 미주알고주알이다. 모름지기 모름이 두렵지 않으니 앞으로도 오랫동안 모름 속에 머물 것이다.

2012년 정월

안성 수졸재에서

차례

1부

2부

3부

4부

일러두기

한 연이 첫 번째 행에서 시작될 때는 >로 표시합니다.

1부

하루

— 주역시편 · 202

돌아서면, 거기 네가 서 있다.
아침엔 다리가 넷이다가 낮엔 둘,
저녁엔 셋이 되는 하루여.
마치 태어나서 미안하다는 얼굴이구나.
밥과 젊음 없는 젊음은 우리를 자주 속여
하루를 지루함 속에 주저앉힌다.
후회하지 마라, 더는 선량해지지 않으마.
더는 고약해지지도 않으마.
수요일에는 동물원엘 가고
금요일 저녁엔 사람 붐비는 술집들을 순례하마.
여전히 희망은 단순하고 인생은 복잡하겠지만,
소란과 안달은 하루와 함께 끝난다.
우기 뒤에 곧바로 가을이
하루라는 병정들을 이끌고 쳐들어온다.
가을의 달은 높고 풀벌레 소리들은
낮은 음역대에서 번성한다.
물푸레나무 잎들이 우수수 떨어지면
하루는 우연과 서리들을 데려오겠지.

어제는 누가 죽거나 태어나고
몇 건의 차량 접촉 사고가 일어나고
그러고는 별일이 없었고
하루는 버거워해도 한 해는 너끈하게 견뎌내는
노모에게도 별일이 없었다.
삶은 한 점의 눈물도 요구하지 않고
세월은 나를 멀리 데려가지 않았다.
나는 횡격막 아래의 침묵에 귀를 기울이는 독자다.
분노는 침묵의 슬하에서 자라는데,
일요일에는 더 이상 자라지 않는다.
어제보다 하루 더 늙은 여자가
난독증 소년을 데리고 횡단보도 앞에 서 있다.

가정식 백반
— 주역시편 · 1

나비에겐 골육이 없고
작약꽃에겐 위와 쓸개가 없다.
골육과 위와 쓸개를 가진
나는 새삼스럽게 깨닫는다.
나비에겐 나비의 하루가 있고
모란꽃에겐 모란꽃의 근심이 있을 테다.

눈 내린 이른 겨울아침
소년과 소녀들은
아직 잠자리에서 일어나지 않았다.
햇살로 물든 금빛 침상에서
소년과 소녀들이 꾸는 꿈들 때문에
이토록 세상이 빛난다.
어른인 나는 어른의 눈으로 세계를 바라보며
초저녁 신성들을 품지 못한 채
이렇게 마른 나무등걸로 살아서는
안 된다고 후회를 씹어본다.

>

눈길을 걸어서 식당으로 가는 길,
가정식 백반을 파는 식당은 은하의 저쪽에 있다.
청양고추 하나를 된장에 푹, 찍어 먹는
눈보라 치는 이 아침,
가정식 백반 일인분을 먹는
내게는 가정식 백반의 근심과 기쁨들이
한꺼번에 몰려온다.

저녁들!

— 주역시편 · 4003

부엌문 여는 소리가
크면
그 소리에 놀라
뜰에 내려온 뱀들이 달아난다.
늦가을에 만난 늦가을의 사태,
항아리에 살얼음이 끼고
오동나무 가지는 큰바람에 꺾인다.

토굴에 있던 무에서 싹이 나고,
근심은 붉어서 참되다.
빨랫줄에는 미처 걷지 못한 이불 홑청,
뻣뻣하게 언다.
누가 죽으려다 만다.

그 여자와는
기어코 살아보고 싶었는데,
녹음과 그늘, 채송화와 여뀌를 거느리고
탈북자가 낸 평양냉면집에 가서 온반이나 랭면을 먹

으며

잘 살고 싶었는데,

홑겹의 영혼에 스치는 저녁들!

오오, 지나간다.

비누들이 닳는 저녁들.

말갈의 여인들이 항아리에 물을 길어다 붓는

그런 저녁들.

가없는 벌판에 번지는 여러 저녁들.

북방 바람이 데운 붉은 빰의

어린 사내애들,

옹기종기 나와 앉아 바라보는

저 수천의

저녁들!

입술

— 주역시편 · 15

세계를 향한

창구(窓口),

그 너머

누가 놓친 계절들이 흐른다.

궁수자리에서 새가

떨어지고

너는 항상 늦는다.

바깥은 광활하고

안쪽은 좁다.

네 입술에서는

밀 냄새와 초유(初乳) 냄새가

난다.

말랑말랑한 저 안쪽,

소년은 부드러운 안쪽을 모아

바깥으로

뾰족하게 내민다.

비비추의 파릇한 촉들,

송아지 뿔의 예각.
진화하지 못하는 거짓말들,

아버지들은 중심을 좋아하고 찬미하지만
나는 그 중심에서 자꾸 멀어진다.
그을음 같은 필연과 시차 때문에
결국 나는 발견되고야 만다.
내 부계(父系) 혈통의 엉덩이에는
몽고반점이 찍혀 있다.

해 진 뒤
노란 달과 함께 달려오는 계모들.
입술이 그 슬하에 거느린
딸기와 조개.
입술의 권력이 향기롭다.
척추는 왼쪽으로 휘고,
출구는
여럿이다.

>

나는 우연으로는 견딜 것이다.
입술과 그 그림자들을
필연으로는 견디지 않을
것이다.

좀비들

— 주역시편 · 33

태풍 영향으로 구름은 동진하는데,
저기에 사람이 있다.
저기에 사람이 있다.
돌아서서 걷는 사이,
먹다 남은 포도 껍질에는 초파리 57마리,
그중 13마리가 공중으로 난다.
우유는 단백질 성분이 부패하고
소년과 소녀들의 세계는
금세 붕괴하리라.

오후 3시 27분 45초에서 3시 27분 57초 사이.
서교동 대우미래사랑 건너 파리바게트 앞,
소녀의 손에서 아이스크림의 일부가 녹고
손톱들이 자란다.
이태 전 열두 살이던 너는
이제 열네 살, 곧 하류인생으로
전락하기 좋은 계절.
바람이 소녀의 스커트 자락을 부풀린다.

>

57초에서 59초 사이,
초파리 7마리가 바닥에 떨어진다.
우유의 단백질이 엉기는 사이,
맥주에서 거품과 탄산이 날아가는 사이,
검은 비닐봉지 안에서
초파리 327마리가 붕붕거린다.
경(經)을 먹는 당나귀들이 온다.
2할 5푼을 치는 타자에게는 2할 5푼의 인생,
3할 7푼을 치는 타자에게는 3할 7푼의 연봉,
타석에 서지 못한
연습생 타자에게는 연습생의 고독이 있다.
이번 생에 불운이 있었고
그보다는 더 자주 행운이 따랐다.
빈 궤적을 그리는 헛스윙들,
그 많은 실패들이 다정한 까닭이다.

서울의 한 반지하 방에서
백골 시신 한 구가 나왔다.

시체는 3년 동안 방치되어 있었다.
망명자들이 숨기 좋은 반지하 방들.
태풍의 영향으로 구름은 동진하고
저기에 누가 있다.
저기에 누가 걸어간다.

• 후지와라 신야가 쓴 『티베트 방랑』의 한 소제목에서 따온 것이다.

내 안에서 태어난 들개가 산 너머에서 울다•

— 주역시편 · 1001

계곡 위로

까마귀 떼 검다.

일순,

하늘 어둡고

그림자 떼 내리는

땅 위,

나는 내 안의

원망(願望)이다.

남을 먹는 짓은

비루한 짓,

나는 어슬렁거리는 비열함이다.

도마뱀 이후다.

송장을 뜯어 먹는

무명충(無名蟲)이다.

번뇌의

오합지졸이다.

약초의 싹을 뜯는 나비가

아니다, 나는

저 험한 준령을 홀로 넘는
가벼운 넋이다.
희디흰 뼈를 핥으며
면벽(面壁) 10년,
웃는 해골과는 이별이다.
수천 마리 개들
으르렁으르렁
내 안에서
물어뜯고 물어뜯기며
울부짖는
저
아귀들!

• 후지와라 신야가 쓴 『티베트 방랑』의 한 소제목에서 따온 것이다.

'패배'라는 말

— 주역시편 · 310

상처들의 봉합,

금관악기가 빠진 교향악곡 연주에

지나지 않는다, 나는

어딘가 불완전하다.

하늘에서 개구리가 쏟아지던 곡우 지나고

아버지가 어머니를 패는 이상한 하지도 지난다.

시립도서관 참고열람실에서

발달심리학 책을 들여다보던 19세도,

소녀의 따귀를 때리고 뛰쳐나온 이층집도 있다.

스물다섯 살이면 생활의 달인,

간접화법으로 소통하는 사회적 인간,

분유 두 통을 사 돌아가는 소시민 가장.

그림자들 대부분이 사라지고

지평선은 가장 먼 곳에 있다.

먼 곳은 바라보지 않으므로 더 이상 먼 곳이 아니다.

내 안의 우울이 우물이 되고

고독은 차라리 천직이 되었을 때

가끔 무릎을 꿇고 '패배'라는 말을

혼자 되뇌곤 했었지.
나는 스무 살 이후 길을 잃었다.
갈 수 없는 길들이 술 마시게 했다.
이 빠진 술잔들에 입술을 대며
더는 '패배'라는 말을 쓰지 않으리라,
결심했다.

땡볕에 얼굴과 팔이 그을린 여름 소년은
무지개라도 먹고 싶었다.
어린 시절 뒤를 돌아보면
흙속에 묻힌 사금파리들이 반짝거리듯
미래가 보였지.
반쯤 뜬 눈으로 지나간 노란 꽃들을 바라보자,
'패배'를 더는 모르는 불행을,
내일의 내일이거나
혹은 사물들의 사물들을!

'여름'이란 말

— 주역시편 · 130

맑고 고요한 여름을 좋아했네.

여름들이 지나가는 중이네.

그토록 많은 그림자들이

죽는다는 뜻이네.

여름은 얼마나 많은 열매, 열매, 열매들을

제 품에 안고 있는가?

열매들은 명랑한 노래를 들려주네.

여름은 명랑한 계절.

그 노래에 귀를 기울이며 여름의 모든

고독들을 사랑하네.

하루를 탕진한 황혼이

서쪽 하늘에 넓게 퍼지네.

지금 밭에서는 귀들이 자라네.

들을 수 없는 소리를 들으려는 귀들.

좌측통행에 집착하는 사람들,

고양이를 고층 아파트에서 내던지고

개의 두개골에 못을 박는 사람들,

불공정 계약에 익숙하고

노조와 아침우유를 거부하는 사람들,

나는 그들과 전쟁 중이네.

그들 속에 든 이것은 뭐란 말인가?

나는 등고선과 아침 햇살과 국수를 사랑하지만

올 여름의 기후는 예측하기 어렵네.

여름의 지리학을 완성하기 위해

나는 여기에 와 있네.

여름이 대지에서 기르는 것은 돌들.

햇빛 속에서 쑥쑥 자라는 돌들.

돌들의 욕망은 알 수가 없네.

자기 내면으로 침잠하는 돌들.

만약 우연과 신과 돌들의 욕망을 알 수 있었다면

나는 지금보다 덜 행복했겠지.

여름은 경계선을 새롭게 긋네.

여름의 다리를 건너고

여름의 문턱을 넘어서

나는 밀려오는 다정한 실패들을 사랑할 것이네.

더 휠 수는 없는 햇빛들,

빗발에 진 플라타너스 이파리들,
나무에 붙어 맹렬하게 우는 매미들,
좋아요, 좋아요!
익사하는 대신에 살기를 선택한 여자들이
예술의전당 미술관 앞 광장을 지나가네.
항구마다 포경선들은 쉬고
여름의 점성술 책이 점점 두꺼워지고 있네.
내 안에서 자라는 여름의 여름들,
탬버린을 치며 왔다가 탬버린을 치며 떠나는
안녕, 이미 까마득한
여름들!

물들다

— 주역시편 · 18

가을 아침이다.
싸늘하다.
돌이킬 수 없는 것들이 흘러가는
이 사태를 관망하는 나는
고요의 달인!
봉분들을 덮은 잔디는 누렇고
천지가 색색으로 물드는 일은 불가사의하다.
싸늘함이 불가사의한 게 아니라
싸늘함 속에서 벌어지는 이 사태가,
물푸레나무와 봉분들과
새로운 연애가 불가사의하다.

삼촌은 어린 조카를 유괴하고
어머니는 딸을 못 믿고
이모는 조카의 목을 조른다.
열등 종족의 시절에도 아들과 딸들이 만나
울긋불긋 연애를 한다.
연애는 진심이었다 해도 끝은 진부하다.

누군가의 삼촌이나 이모로 사는 것,
세상이 명랑해지는 이유다.
이 싸늘한 가을 아침은
과연 연애로 물들 만하다.

하늘과 땅의 빈 곳들이 청명하다.
저 색색들이
청명함을 밀어내면서
천지간은 물드는 중이다.

나쁜 혈통

— 주역시편 · 139

돌은
검고
흰 꽃은
희네.

누런 하늘
아래
검은
소들.

목 잘린 소들이
우네.

둥지에는
하얀
알들뿐,
하얀 것은
정말 검구나.

>

검은 돌들이

우네.

일요일

— 주역시편 · 56

양쯔 강 너머 한촌(閑村)에는 낮닭이 울고
눈먼 소녀가 토방에서 자수를 놓을 때
누군가는 기아와 롯데의 야구중계를 본다, 그동안
칸나에겐 칸나의 말을 하게 하고
타조에겐 타조의 말을 하게 하라.
너는 비를 피하지 마라.
너는 트림하지 마라.
지구와 천억 개의 별들이 궤도를 도는
이 찰나! 밤은 낮을 만나지 못하고
낮은 밤을 만나지 못해도, 우주는 안녕!
왜 나는 오늘의 바람 속에서
어제의 바람을 맞고 있지?
오솔길과 난해한 음악과 딸기를 좋아한다면
머리를 수그려라, 무심코 그렇게.
일요일엔 마음의 꼬리들을 숨겨야 해.
우생학이 나쁜 건 파시즘에 악용되기 때문이야.
젊음이 다 좋은 건 아냐.
더러는 그들도 극단적인 선택을 하잖아.

프로야구 시즌도 막바지를 향해 달린다.
동지 무렵 주량이 소주 두 병으로 는 것은
소주가 꿈 없는 잠을 위해 좋은 까닭이야.
장미에겐 불면증이 없을 거야.
우는 자들은 외로워서 우는 게 아닐 거야.
진짜 외로우면 눈물도 안 나오잖아.
저 먼 곳에서 무슨 일이 벌어지고 있을까.
일요일엔 용접공과 구두수선장이도 식초를 마시며 쉬지.
사과와 연못과 여름 새벽을 좋아한다면
야구중계가 끝난 뒤 산림욕장까지 걸어가야 해.
지금 내게는 구석바치와 주판과 실버들,
첩첩산중 길과 구두가 필요해.
햇빛이 항상 전나무 위에서 빛나지는 않지.
가는 일요일과 오는 일요일 사이의 잉여,
저녁엔 햇빛들이 발뒤꿈치를 들고 잉카제국 저쪽으로 사라지지.
바람은 가는 손가락으로 아흔아홉 개의 별을 넘어뜨

리고

저 멀리 달아나지, 월요일이 닥치기 전, 나는

일어나 일요일의 슬픔을 완성하러 가야 해.

2부

슬픔의 고고학

— 주역시편 · 991

고도 수만 킬로미터 상공에서
해가 방향을 틀어요.
해 아래 그림자들이 키를 늘일 때
누군가는 서재에서 절름발이 늑대와 함께 아령을 하고
당신은 안과(眼科) 병원을 가던 중이죠.
공기의 저항이 그다지 세지 않았어요.
세월은 아이가 자라는 속도보다 빠르지 않죠.
달리던 버스가 폭발하고
저출산이 미래의 재앙이 될 거라는데,
해결 기미는 보이지 않았죠.
항상 정치가 문제예요.
날아가는 아가씨들, 엎드리는 아저씨들,
풍경의 바깥에 서 있어봐요.
누가 내 외로움을 사칭하고 다니죠?
소문이 자자해도 핵심은 여론의 향방이죠.
결국 부다페스트로 떠나나요.
망설임 따위는 없어요, 당신의 상심은
나 때문이 아니죠. 욕실 하수구 거름망에 쌓인

한 줌의 머리카락들,
우연과 피로가 뭉쳐 당신의 승모근이 딱딱해져요.
풍지(風池) 혈을 눌러서 풀어야 해요.
잘 있어요, 모스크바에 비가 내리면
부다페스트에선 함박눈이 내리죠.
어둠이 풀밭에 흘리고 간 것들,
그 투명한 행성들,
꿀벌의 개체수가 부쩍 줄었어요.
올핸 꽃만 무성하지 정작 열매는 없네요.
여름 우기가 길었어요.
오늘 외무부 장관이 퇴임했네요.
요즘은 막걸리가 대세예요.
정치판엔 정치가 없고
노모의 잔소리가 부쩍 늘었어요.
왜 거짓말들은 진화하지 못하는 걸까요.
진부한 것은 더 이상 못 견디겠어요.
비비추가 땅거죽을 밀고 푸른 촉을 내밀어요.
고법 선고판결이 미뤄졌어요.

금요일엔 덕소 사는 우영창 네와 경마장엘 가요.

사월에 폭설이 내리고

구월에 미친 개나리꽃이 피었어요.

내년도 별일 없겠지요.

팥죽

— 주역시편 · 666

벌개미취가 피는 저녁들,

문설주로 늑대거미가 내려온다.

외계에는 외계인이 없다.

어느 날 가출했던 아이가 노랑머리로 돌아온다.

자장면 배달원을 그만두고

대입 검정고시라도 하겠다고 한다.

나의 가계(家系)에는 개명(改名)한 사람이 없다.

단풍이 들 무렵 직박구리가 와서 우는데

내겐 어떤 괴로움도 없다.

오후에는 사그막 너머까지 갔다가 돌아온다.

임도 아래 물웅덩이들이 마르고

웅덩이 둘레에는 여뀌들이 무성하다.

망치들이 못의 머리를 두드릴 때

스티븐 호킹 박사는 신이 없다고 선언한다.

시골 교회는 불이 꺼져 있다.

큰 눈 뒤 설해목 꺾이는 소리 들린다.

누가 무심코 제 관절을 꺾는가.

>

어린 가수들이 팔과 다리를 꺾는 춤과
립싱크 노래가 흐르는 동안,
아버지의 손톱이 자란다.
서대문 적십자병원 중환자실은
아버지가 누추한 몸을 마지막으로 의탁한 암자(庵子)
였다.
늙은 입적(入寂)이 슬프지는 않았다.
슬프지 않았기 때문에
길고 지루한 종묘제례악이나 거푸 들었다.
온 것은 가고 간 것은 온다.
늑대거미들이 사라지고
귀신들이 벽에서 휘청거리는 저녁에
나는 팥죽을 먹지 못했다.
노모가 있었다면,
노모가 있었다면,

강의 서쪽

— 주역시편 · 108

하나는

둘,

안이면서

밖.

누군가를 베면서

깊이 베인 자.

가면 어둡지 않으니

담대하다.

망종 무렵 비구름이 몰려오고

식물들의 촉이 돋는다.

그 무렵 별자리들이

수상하다.

잠자리에 누우면 뼈가 아팠다.

싹을 틔우면 땅의 날들은 길하다.

무리와 떨어지는 것을

두려워 말자.

>

늑대가 되어
대지의 뺨을 핥자.
더 멀리 나가서 강의 서쪽을
보자.
어디로도 가지 말고
강의 서쪽을 보자.
서쪽은
먼 곳,
멀어지는 강의
서쪽,
그 안쪽에 이는 먼 시간의
소용돌이,
저 차가운
태허(太虛)를 보자!

등

— 주역시편 · 201

등은

또 다른 항구를 향해

떠나는

배,

추운 망명객.

물러나면

재앙이다.

네가 머문 저녁.

떠난다면

편도.

왕복은 불길하다.

떠나는 자

떠나고

그늘과 발자국들은

남는다.

접시들의 이가 빠지고

당나귀는 늙는다.

눈 내리고

눈 속에서
복수꽃 피고 진다면
난세다.
사람들이 울부짖다가
나중에 웃으리라.
여자가 베옷을 입고 남자가 땅을 갈면
자식들은 형통하다.
서두르지 마라,
피면
지고
지면
핀다.
때를 기다려라.
당근을 씹으며 기다리면
배꽃에게 이롭다.

뒤편

— 주역시편 · 327

용 두 마리가
싸운다.
죽어서 돌로 환생한
부처가 여럿,
과거는 지나간 미래다.
반세기 지났어도
쑥대밭,
그 뿌리가 피에 젖는다.
집은 작게 지어라.
흉하지 않다.
밥은 반 그릇,
잠은 토막잠.
줄이면 허물없다.
허물없음을 자랑 마라,
그게
허물이다.
무식이 자라면 지혜다.
들에 가지 마라.

물도 피해라.

뉘우치지도 마라.

사랑이 깊으면 환청(幻聽)이 크다.

저고리 앞섶이 젖었으니

네 슬픔을 노래해라.

죽지 마라.

종일 살아라.

죽어라.

잡신이 활개를 치니

나라에 우환이 많겠구나.

홀로가 아니라

여럿으로

도망가라.

무리 지어 나는 새들이 고요하다.

짐승들이 쫓아올 수 없게

멀리

가라.

느리게 걷자

— 주역시편 · 515

너희는 유능하지,
조금만 무능해지자.
너희는 행복하지,
한 끼니쯤은 걸러 딱 그만큼만 불행해지자.

과거는 의붓아버지다.
의붓아버지가 유산을 남길 가능성은
없다, 현재가 생부(生父)다.
유산이 있다면 주겠다만,
달 뜬 가을저녁,
물들이 어떤 생각들로 골똘해진다.
하천을 건너온 너구리가 들여다보는
저 부엌 안쪽은 어떤 불공정 거래도 없었던
상냥한 제국이다.
제국은 불꽃과 그림자를 가로지르는
국경을 갖고 있다.
백 년에 한 번,
모죽(母竹)에 꽃이 핀다.

>

가을저녁 부엌을 나와
대나무와 대나무 사이를 지나
수성과 목성 사이를
걷자.

서쪽

— 주역시편 · 625

가을이다.
제국의 산들에 이목이 쏟아지고
어느 날 눈썹이 희어진다면
갈 수 없다,
마침내 가야 한다.
네 개의 편자,
불꽃과 그림자,
세 번째 실연,
딱히 가야 할 이유는 없다.
바람이 분다,
바람이 불면 그곳에
가라.
가라.
가을이 다 가도 갈 수 없다.
기어이 가야 한다.

화살나무 잎 진 뒤
중세의 가을이 협곡으로 쏟아진다.

올빼미가 날고

중독자들은 술병에 제 삶을 처박는다.

푸른 정맥만으로

너는 화사하다.

먼 고장에서 나는

감자를 쪄서 천일염에 찍어 먹는다.

모든 실패는 어리고 순진하다.

어려서

열반이다.

가을비가 다 가도록

갈 수 없다.

어린 슬픔을 안고 가야 한다.

가라,

가라,

소년 부처

— 주역시편 · 2

너무 늦었다.
저 차디찬 눈 속에서
매화가 홀로 피어난 까닭을
알리라.
늦은 게 빠르고,
공허가 살을 찌우는 동안
너는 늦어버렸다.
늦지 말아야 할 것을!
길들이 깊은 뿌리에 가 닿을 것을!
오늘 아침 울연한
저 흰 꽃들은
번개를 품어 흰 꽃이 되었구나!

어린 것이 왔으나
늦었구나, 어려서
17년 전의 어린 것이
몸 안으로 불쑥 들어온다.

>

17만 년 전 전갈자리 근처에

바람이 불었다.

바람의 여울목에는

흰 물고기,

흰 물고기,

늦은 건 참 잘한 일이다.

저 비어(飛魚)들!

어린 것에게 달랑 수제비 한 그릇 안겨

배만 채워 보낼 수는 없었다.

17년 전에도 울부짖지 않았으니,

마침내 흉하다.

운 뒤

길을 나선다.

모자

— 주역시편 · 83

슬픔은 일인분이에요.
모자 하나마다 일인분의 인생이 있듯.
불길해요, 잉여들!
화분을 망쳤다고
한 노파가 고양이를 13층에서 내던진
사건은 과거시제로 말해야지요.
어제의 할머니들은 귀엽고 성스러웠죠.
고양이를 내던진 건
번개처럼 떨어진 사탄이겠죠.•
고양이들이 혀를 차네요.
낙하하는 두려움을 몰랐나 봐요.

음도(陰道)예요.
누런 하늘에 검은 땅,
마음이라는 벌레가 문제죠.
그게 불수의근이라는 게 큰 문제죠.
거리엔 좀비들,
누군가,

누군가,

누군가!

실망하지 말아요, 구름들!

제가 누구인지도

모르는,

모르는,

모르는,

장님 거미들은 교외의 주택들을 좋아하죠.

하루 두 끼는 먹어요.

돌부처가 아니니까!

당신에겐 금(金)의 기운이 승하군요.

불과 땅에서 오는 기운과는

상극이죠.

상극에서 물은 얼고 꽃은 피죠.

구름은 빽빽한데

비는 오지 않고

사나운 것들이 몰려와요.

수요일에 교외로 나갈 때는
모자를 쓰겠죠.
우리가 장님 거미라면
모자는 일인분이죠.
웃는 당신,
웃는 이타주의자!

• 르네 지라르의 책 제목 『나는 사탄이 번개처럼 떨어지는 것을 본다』에서 따온 구절이다.

달 아래 버드나무 그림자

— 주역시편 · 98

해가 뜨네.

금은(金銀)의 울음을 울며

살자 하네.

해가 있으니 밥술이나 떠먹고

버드나무가 있으니 그 아래를 걸었지.

살았으니까

살아졌겠지.

이미 얼면

얼지 않네.

늦지 않으려면 늦어야 해.

가지 않으려면 가야 해.

오지 않으려면 와야 해.

죽지 않으려면

죽어야 해.

달 아래 버드나무 그림자 짙고

버드나무 아래

한 사람이 걸어가네.

살면 살아지네.
버드나무 아래 한 사람이 걸어가네.
내가 만약 버드나무라면,
네가 만약 버드나무라면,

금릉 가는 길

— 주역시편·8

해가 길어지니
온갖 영혼들이 영 점 오 밀리미터씩 촉을 내밀어
저마다 순한 그림자들을 기른다.
아침나절 안뜰에서 뱀 세 마리를 보고
별자리를 보고 방을 짚다가
낮똥을 누러 들어간다.
물고기를 잡으면 통발을 버려라!
통발에 태고의 쇳소리.
다섯 봉우리가 솟아 있는 땅,
삼재(三災)를 견디니
태고와 멀지 않다.
번개가 치고
검은 물이 밀려오는 물가에서
장자 읽기를 그친다.
묘판에 유순한 새끼들을 길러라.
사나움을 품은 마음의 날들이 돌아올 것인가.
속내를 들키지 않는 들짐승이 되어
산 밖으로 나간 날

극단까지 가지는 않는다.

날마다 목백일홍 경(經)을 한 줄씩 외며

금릉으로 가는 꿈을 세 번째 꾼다.

금릉으로 가려 하나

금릉은 참 멀다.

멀리 있으니 없다.

어젯밤에는 금릉을 찾으러 갔던

어린 슬픔이 돌아와서

함께 잠을 잤다.

금릉에서 금릉을 찾으니

해가 더 길어진다.

늦가을 저녁부엌

— 주역시편 · 11

입동 뒤 저문 들에서 배추 잎들이 시들고 식물들의 광합성 성과는 현저하게 낮아지네. 남도 강물들은 낮은 곳으로 휘어지고 관동 하늘엔 미성년의 자잘자잘한 별들이 자욱하네. 상강 이후 초경과 함께 대퇴골이 견고해지는 조카 딸들의 피부는 얇아지고 혈관은 투명해지네. 울어라, 밤의 여치들이여. 곧 너희들의 시대는 가고 가을은 장엄하게 거덜나리라! 가협 마을에서 소규모 영농인으로 변신한 노모여, 알궁둥이로 시든 풀밭에 뒹구는 누런 호박들을 거두고 수수를 털어 볕에 말려 겨울 채비는 벌써 끝내셨는가. 늦가을 저녁부엌에서 구운 간고등어와 한 상에 올린 청국장은 왜 혀끝에서 아득해지는가. 청국장엔 왜 '청'이 들어가는가. 조락의 계절에 더욱 헐렁해진 모근들. 산림욕장을 다녀오며 병자호란의 청나라 군사들은 과연 청국장을 먹었는가를 골똘하게 생각하네. 여뀌는 왜 여뀌가 되고 청국장은 왜 청국장이 되는가. 이 나라 상고시대에도 청국장을 먹었는가. 늦가을 저녁부엌에서 청국장을 뜨는 당신, 당신은 늦가을의 풍운아인가. 아니면 늦가을이 당신의 풍운아인가.

입동 이후 북쪽 마을엔 첫눈은 내리는가. 천신만고 끝에 물은 살얼음으로 변하고 첫눈은 오시는가. 이윽고 눈보라가 블라디보스토크에서 연달린 산과 산을 성큼성큼 달려와 미시령 천지간까지를 하얗게 장악하는가. 오, 청국장은 청국장을 모르고 사랑은 사랑을 몰라라. 눈보라 치는 새벽에는 밀항한 남자가 되어 편지를 쓰리라. 곱은 손을 녹이며 두고 온 처자에게 편지를 쓸 가슴이라도 되리라.

엎드린 사내

— 주역시편 · 543

서울역사박물관 전시실에 갔다가
5천 년 중국국보전에서 만났다.
그 충직한 신민,
집으로 가는 길도 잊은 채 하얗게 돌로 굳어
천 년 동안이나 무릎을 꿇고
직언을 올린다 한다.

돌 속에 뻐꾹새와 목청 좋은 메아리들과
돌 속에 배추밭과 노랑나비 떼와 개복숭아 나무와
돌 속에 속눈썹 긴 딸과 열일곱 살 난 어여쁜 아내와
돌 속에 암수 모란 한 쌍과 사슴 한 송이라도 있는가.
돌 속에 갈대는 어린 바람들을 키우고
돌 속에 문들은 여닫히며 아이들을 키우는가.

그 천 년,

왕릉 속에서 피는 흘러 땅을 적시고
머리칼은 백발,

뼈와 관절들과 오장육부는 하나로 달라붙었다.
얼마나 간곡한 직언이기에
절간 목어들이 산 물고기로 돌아오는 동안
명부(冥府)도 잊은 채 돌이 되었을까.
부엌문 여는 소리가 굳고
호시절을 재잘대는 시냇물들이 굳고
상갓집 대문을 밝힌 근조 등들이 굳고
말랑말랑한 시간도 굳는다.
천 년 먼지를 뒤집어쓰고
천 년을 돌로 산 그 사내,
돌 속에서 우두뚝 무릎 관절 푸는 소리와 함께
벌떡, 일어난다.

장롱

— 주역시편·333

당나귀들과 함께 돌아오는
저녁 때,

양말은 양도 말도 되지 않는데,
장롱에서는 양도 말도
울지 않는데,
나는 혼자서 저쪽을 생각한다.

상념이 깊었나? 황국이 일제히 피었다.
황국 무더기 속에 코가 뭉개진
돌부처 하나,
그 수하에 옹기종기 모인
가난한 저녁 때,

오줌이 빠져나간 몸을 돌리니
풍경이 반전(反轉)한다.
어둠 위로 속눈썹 두어 점 떨어지고
양과 말들이 우글거리는데

이상하다. 거기엔 내가 없다.

내 횡격막 아래에도
내가 없고,
들숨과 날숨에도 내가 없다.
여름 모기들은 윙윙거리지 않는다.
눈떠라, 버드나무 장롱들아,
서리 내리면 눈이 붉은 밤들이
몰려온다.
나는 벌써 늙었다.

이주노동자들

— 주역시편 · 777

또 고양이와 귀웅젖 생각을 하는구나.
슬플 땐 양치질을 해라.
페달을 멈추면 자전거는 곧 쓰러진다.
너는 쓰러지면 혼절한 듯 잠에 든다.
반드시 쓰러진 데서 다시 일어서라.
먼 곳을 바라보고
오늘을 두려워 마라.
쓰러진다면 악덕에게 지는 것이다.

국경은 끊임없이 유동한다.
바람의 방향이 바뀌고
사막의 지형이 달라져 있다.
다리를 건너라, 다리 건너
길바닥에서 먹이를 찾는 비둘기들에게도
정의가 있다.
김밥을 먹는 너와 네 마음 사이에는
다리가 있다.

>

제발 고함을 지르지 마라.
소문은 이데올로기를 잉태하는 자궁이다.
얼룩말에게는얼룩말의길이있다.
얼룩말은 흰 바탕에 검은 줄무늬인가,
아니면 검은 바탕에 흰 줄무늬인가.
하루라도 조용했으면 좋겠다.

가장 잘 여문 밤에 벌레가 든다.
다른 것은 괴물이다.
이게 사람 사는 꼴이냐?
온몸에 시너를 뒤집어쓰고
소신공양을 하는 젊은 부처들,
막막한 현실 앞에서
무지개는 착시현상이다.
네 감각을 의심하라.
물속에서 모든 숟가락은 휘어진다.
꺼내보면 멀쩡하다.

>

오늘은 이미 내일이다.

먼 곳에 있는 것들은 믿지 마라.

네 식도로 넘어가는 것들을 믿어라.

저 세계를 낯설게 보고

낯익은 이웃으로 살라.

악덕

— 주역시편 · 805

사람을 야구방망이로 패고
돈다발로 무마하고 돌아선 네게
없는 건
선의가 아니다.
네 안에 우글거리는 짐승들.

지나치게 성공하는 것,
많은 돈을 갖고 사는 것,
거북에게 빠르지 않다고 비난하는 것,
강물에게 소금이 없다고 타박하는 것,
연민을 도덕이라고 우기는 것,
웃지 않는 것,
울지 않는 것,
그게 다 얼마나 큰 악덕인가!

악덕들에게 벌로써
하루에 한 편씩 시를 외우게 할 테다.
몸서리칠 게다.

포악하고 나쁜 영혼들도
악덕은 꿈조차
꾸지 못할 테다.

귀래관 104호

— 주역시편 · 908

진눈깨비진눈깨비진눈깨비진눈깨비…… 월요일 오전 9시다 누옥(陋屋)들의 지붕이 낮아지는 시각이다 이십사절기의 순환은 순조롭다 어쩌면 화요일 오전 9시다 뉴욕 주식시장이 폐장을 하고 도쿄와 베이징과 서울의 주식시장이 개장을 한다 원주의 지금 기온은 영하 2도다 동해는 파도가 높고 영동 지역은 기압골 영향권으로 눈구름이 몰려와 진눈깨비가 친다 진눈깨비는 치는데 일대의 산들은 회색빛 속에 서 있다 원주 회촌의 양안치(兩岸峙) 아래 토지문화관에 딸린 귀래관 104호실에는 누가 머무는가 여기 울분에 찬 짐승이 가슴에 천둥과 번개를 품고 엎드려 있구나 파란 귀 두 짝을 붙이고 세상의 온갖 소리는 다 들으며 여기에 와 있구나 젖 굶고 파랗게 질려 우는 아가야 아가야 울지 마라 곧 있으면 무당질 하러 나간 네 어미가 돌아온단다 아가 아가 여기는 네 토굴이니 울부짖지 말고 잠들어라 새 이빨들이 나고 척추 뼈들이 굳세지리라 골짜기의 신은 영원불멸하다 사는 게 꿈결이다 달과 물의 시대다 오운육기(五運六氣)를 타고 나가는구나 음혈들을 건너 용케도 여기까지 왔으니 곧 웅비할 기세구나 만물이 그에게서 말미암을 것이니 현묘하구나 토지문화관 식당의 명단에 그의 이름이 적혀 있다 어제 점심과 저녁 식사를 그곳에서 했으니 그는 오늘 점심과 저녁 식사도 할 것이다 그는 귀래관 104호에서 끙끙대며 책을 쓰고 있다 달개가 짖어대는 새벽에도 깨어 있구나 사자자리에 앉은 개여 개여 짖지 마라 불길하다 불길하다 객사한 귀신들이 무덤 열고 나올라 매화야 피어라 지금은 네 흰빛이 필요할 때다 화점(花點)을 중히 여기고 무엇보다도 천원(天元)을 선점하라 치악산 주봉인 비로봉(毘盧峰)의 맑은 기운을 머리에 받으려는가 고분고분해라 고개를 더 숙여라 지금은 그가 우체국에 가려고 귀래관을 막 나선 참이다 네 눈섭과 눈썹 사이 귀래(歸來)와 흥업(興業) 사이 어지러이 내리는 진눈깨비 앞에서 그는 주춤한다 어제 여기서 땅 밖의 땅 산 밖의 산을 보는 '모심'의 시인을 만났다 서기(瑞氣)가 서린 치악산이 크게 웃었다 귀래와 흥업 사이에 흰빛이 그득했다 큰 봉우리가 작은 봉우리를 모시고 큰 개가 작은 개에게 고개를 숙인다 이게 웬 사태인가 불안이 발을 삼키고 머리를 삼킨다 만물이 만물을 먹이고 보살피니 아기들과 어머니들은 잘 있다 민어를 먹고 꽃잠을 자고 다 잘 있다 수요일 저녁에는 평택시립도서관엘 가야 한다 어쩌면 강릉 어쩌면 천안인지도 모른다 고난이다 검은 달그늘이 덮인 세상을 가야 하는구나 강연은 어쩌면 목요일 어쩌면 금요일 어쩌면 토요일인지도 모른다 목요일에는 건강종합검진을 받고 금요일에는 인천공항에 나가 누군가를 배웅해야 할지도 모른다 그가 귀래관에 머무는 게 확실하다면 진눈깨비는 허구가 아니다 그는 진눈깨비가 내리기 전에 원주를 떠났을지도 모른다 어젯밤 인천국제공항에서 그를 보았다는 자도 있다 모든 상황은 모호하다 곧 떼죽음이 있을 테다 장구 치고 소고 치며 잉잉대던 꿀벌들이 자취를 감추고 낮은 들에 있는 뱀들이 떼 지어 봉우리를 향해 가리라 남극의 얼음은 더 두꺼워지고 북극의 얼음은 녹아 해수면이 높아져서 낮은 땅들이 물에 잠기리라 도처에 지진이 나고 아이들과 아낙네들이 울부짖으리라 이 모든 일이 진눈깨비 때문이다 그다음은 화엄개벽이다 주역을 안다 하면 사기꾼이고 모른다 하면 어리석다 오늘은 수요일인지도 모른다 월요일에 시작한 눈은 수요일까지 그치지 않을지도 모른다 진눈깨비진눈깨비진눈깨비진눈깨비…… 자라 입안에 들어갔다가 나왔으니 수요일에 원주를 떠나려는 계획은 틀어질 수도 있다 마음은 마음 밖에 있고 몸은 몸 밖에 있다 월요일과 수요일 사이에 폭설이 내리고 우박이 떨어질지도 모른다 오후에는 하늘이 쾌청해진다 소와 돼지 수백만 마리가 도살되어 구덩이에 묻히고 거기서 흘러나온 시뻘건 침출수가 내를 따라 흐른다 흉하고 흉하다 흰빛들이 오려는 전조(前兆)다 흰빛은 어디에서 오나 오늘은 온통 회색이다 수요일 아침에 그는 평택으로 떠날 것이다 그것은 약속이다 그가 귀래관에 머문다는 것은 소문인지도 모른다 진눈깨비가 치니까 우리는 모든 인과관계를 낙관하는 경향이 있다 그는 사정이 생겨서 원주에 도착하지 못했을 수도 있다 그렇다면 그는 어디에 있는가 어디에도 없고 어디에나 있다 그게 수수께끼다 진눈깨비가 내리는 아침에 그는 제 몸 밖으로

나와 저 어딘가를 떠돈다 그는 혼자가 아니다 그는 전
과거를 다 끌고 다닌다 그의 슬픔과 기쁨의 친인척도
다 그 뒤에 있다 죽은 아버지의 죽은 아버지의 죽은 아
버지의 죽은 아버지의 측은지심과 백골난망도 따라다
닌다 어디 그뿐인가? 저 뒤에 수만 그림자들을 보라 사
라진 수만의 늑대와 호랑이도 돌아와 들숨과 날숨을 내
어놓으리라 서기가 사라진 땅에 진눈깨비가 치는데 진
눈깨비가 치는데 귀래관 104호실을 막 나서서 검은 머
리와 어깨에 진눈깨비를 맞으며 우체국으로 가는 저 사
내는 누구인가 그는 그가 아니다 누군가의 세기에서 불
쑥 튀어나온 사람이다 그는 그의 그림자가 아니다 그가
그의 그림자가 아니라면 이름으로 부를 수 있는 형상은
영원한 형상이 아니다 같은 이치로 검은 머리에 진눈깨
비를 받으며 걸어가는 그는 아직 그가 아니다

3부

‘스미다’라는 말

— 주역시편 · 295

스며라 작약꽃들아, 입맞춤 속으로!
스며라 모란꽃들아, 여름으로!

늑대에게 곗돈과 밥이 스미면
개가 되고
고라니에게 눈먼 새끼가 스미면
안개가 되리.

눈썹 같은 환등(幻燈)을 달고
기차가 달릴 때
스며라 첫 번째 저녁은 두 번째 저녁으로
스며라 당신과 내가 서로 스민다면
우리는 호밀밭이 되리.

3월에 폭설이 내리는데,
여름 성경학교가 스며 진눈깨비로 변하네.
당신에게 스미는 것은
오직 나의 할 일,

물옥잠화같이 웃으리,
나와 당신!

어깨 잇자국 때문에 당신은
웃을까, 안 웃을까?
당신이 웃지 않는다면
가없는 이 마음 차마 가여운 당신에게로
먼저 스밀 수밖에.

더는 아무도 살지 않는

— 주역시편 · 404

참외 모종보다 미쁜 너희에게
거짓 화술을 가르칠 수는 없다.
푸른 귀 열고 앉은 돌 속
캄캄한 데를 한없이 걸어 들어가면
거기 내 새끼들!

당신 쇄골 위 오목한 곳에 고인 그늘.
나는 그 슬픔의 유래에 대해 오래 생각하는데,
슬픔은 왜 자라서 척추를 강하게 하지 않는가.
가장은 저녁 밥상 물린 뒤 슴베 같은
여백을 숨긴 채 아령을 하고
당신은 체로 가난의 티끌들을 골라낸다.

웃어라, 새끼들아,
가오리들도 웃는단다.
쌀알만큼 작고 하얀 이를 보이며
자꾸 웃어라.

>

내외 사랑은 두터워지고
당신의 김칫국물 밴 다홍 치맛자락엔
모란 작약도 피어난다.
된비알 오르듯 올해는 지지부진했어도
농협 묵은 빚은 반으로 줄고
문기둥마다 새끼들의 키를 잰 눈금은
조금씩 높아졌다.

묵밥 1

— 주역시편 · 4005

비린 걸로 끼니를 때운 어제는
불행했다고 할 수 없다,
다섯 번째 아이를 낳는 여인 곁에서
나는 먼 곳을 두어 번 쳐다봤다.
일광 속을 걸어서
고삼저수지 아래 묵밥집에 간다.
싱겁고 별맛이 없고
피도 뼈도 없는 그것을 먹으러 간다.
횡격막 아래 구구거리는 멧비둘기들을
이 흐물흐물한 것이 재운다.
묵밥집 뜰에는 붉은 칸나들,
저 어린 것들이
인류 내면에 있는 슬픔의 총량과 맞먹는다.
먼 곳을 두어 번 보았던 눈으로
어린 조카 같은 묵밥집 작은 방들을
들여다본다.

귀 없는 돌멩이들을

햇빛들이 내려와 구워놓았구나.
독 없는 뱀들이 풀숲을 길 때
빰 붉게 물들이며 익는 돌멩이들,
너는 자주 위(胃)가 아프다.
무릇 등 뒤로 번진 노을이
말린 물고기처럼 길게 뻗어 있다.
마침 쇠가 쇠를 때리며 번지는 종소리,
물보다 낮은 절집 종소리의 고색창연한 안쪽에서
맹금들이 몸을 낮추고 숨을 고른다.
저녁 예불이 낳은 이 뜻밖의 사태,
사후의 모음들이 우글거리는 이곳에
새파란 귀때기를 묻는다.

처서 지난 뒤
소나무가 제 무릎 아래에 놓은 그늘 중에서
잘 마른 것을 골라
홑겹 이불로 시린 마음을 덮는다.
묵밥 넘어가는 목구멍으로

슬픔과 곤혹도 넘어간다.

곧 눈보라 칠 게다. 칸나는 눈 속에서 붉고

헐거운 인생들이

칸나를 보고 제비 나는 것을 볼 게다.

묵밥 2

— 주역시편 · 1808

준 것보다 빌린 빚이
많은 살림이 뉘누리 없이 고요하다면,
토란밭 토란들은
가난과 이슬을 먹고 자라서
어느 해보다 더 미쁘리라.
고라니 다녀간 텃밭이 심심하고
저 언덕길도 심심하다.
이럴 땐 민화투를 치자,
국수 먹은 배가 꺼져 출출해질 때까지.
그담엔
묵밥을 먹으러 가자.

싸라기눈 이마를 때리는 날엔
유월 모란 화투 패로 운세를 짚고,
동지 뒤 초밤엔
폭설에 소나무 가지 꺾이는 소리를 듣고,
묵밥을 먹자.
묵밥을 먹은 저녁엔

온잠을 자고
가래똥이나 누며 살자.

달의 사막

— 주역시편 · 199

가나 못 가나.
해남은
있나 없나.
가면 있고 못 가면 없다.
이곳에 너는 없고
저곳엔 내가 산다.
사막에는 은여우,
은여우가 사는 사막,
마음에 꼬리를 달고 막 달아나는
이 놀라운 사태를
나는 견디나 못 견디나.
해남은 먼 곳,
아침에 이빨을 닦고
어제 읽은 주역과 용비어천가 해제본,
질 들뢰즈를 다시 읽고
오후에는 이마트에서 시금치와 저지방 우유를 사고
지성치과에서 치석을 제거했는데
정 원장은 돈을 받지 않았다.

그와는 나중에 밥 한 끼를 약속하고 돌아온다.

황사가 오고

황사가 오지 않는다.

오지 않는 것들은

해남에 있나.

저녁 여덟시에 온 것은 고라니,

고라니는 골짜기가 되어 뛰고

골짜기는 다시 어둠이 되어 뛰고

새벽 세시에는 잠이 깨고

새벽 세시에는 새벽 세시를 가리키는 시계가 되어

세 점을 친다.

노모들이 침상에서 잠꼬대를 하는 시각,

태아처럼 몸을 동글게 만 노모는

무릉도원 속으로 걸어간다.

해남은 먼데,

나는 가나 못 가나.

알 수 없는 내일들이

내 앞에 엎질러져 있다.

해남에는 무궁화 피고
해남에는 무화과 익고
가나 못 가나.
해남에는 비 내리고
비는 비가 되어 내리나 못 내리나.
해남에는 눈이 내리고
눈은 눈이 되어 내리나 못 내리나.
해남에는 언제 가나.
해남에는
가나 못 가나.

언젠가

— 주역시편 · 700

저지방 우유를 마시고
너와 물 마른 강가를 거닐고
너와 헤어질 거야.
그 거리에 바람이 불면 너를 그리워할 거야.
너를 잊고.
다시 너와 만날 거야.
너와 노래방에서 노래를 부를 거야.
어느 날 망치들이 소녀의 머리를 내려치지.
소녀의 사생활은 산산이 깨져버리지.
외할머니들은 세상을 뜨시겠지.
이태 뒤 혹은 삼 년 뒤에.

겨울이 오면 산은 밤새 북풍에
떨며 울 거야. 그다음
미친개와 뻐꾸기들과 바람난 꽃들이 깔릴 거야.
헌 옷들에서 단추가 떨어지고
쌀독은 바닥이 드러날 거야.
민들레꽃들 사이에서 너는 웃고 있을 거야.

없는 너,

없는 너,

네가 사춘기의 소녀라면 아마 나는

얼굴이 빨개질 거야.

늦여름 저녁 바람이 불고

수수밭 수수들이 큰 키를 휘며 누울 때

나는 너를 기다릴 거야.

나는 너를 기다리지 않을 거야.

꽃의 종언

— 주역시편 · 999

동해의 어린 파도들이 젖을 빠는 동안
구름은 남쪽으로 이동 중이다.
여름 불꽃이 직립한 것들에게 그림자를 나눠주고
그늘 아래 오후의 홍차를 즐기던 사람들이
잠시 이마에 손을 얹는 그 순간,
님은 병상에서 이승의 숨결을 껐다 한다.
우리는 구국의 등불을 잃고
별들은 후두두 자두 열매처럼 떨어진다.

오늘 캄캄한 어둠 속의 상심한 애인들,
오오, 애통하다,

함께 울자, 동해의 어린 파도들아!
백두대간의 크고 작은 산들아!
백주에도 사람들이 사라지고
꽃들 파랗게 질려 울음도 울지 못하고
언 항아리들 터져 검은 간장들이 쏟아질 때
피랍과 연금, 투옥과 망명,

사형선고도 어찌할 수가 없었다.

얼음과 서리로도 꺾지 못한 인동초!
님이 저 먼 별로 떠난 시각,
지금은 마냥 슬퍼할 때가 아니다.

동서는 어깨동무를 하고
남북은 형제니 싸우지 말고
저 초석 위에 기적의 날들을 세우자!

거울과 계단

— 주역시편 · 203

먼 것은 가까운 것보다 가깝고
가까운 것은 먼 것보다 멀다.
감나무 뿌리가 얼던 어느 겨울의 혹한보다
벚꽃 피는 계절이 더 괴로웠던 것은
황무지들의 은신처가 된 마음이
낮밤 없이 가동하는 탓이다.
돌아가는 길이 늘고
너는 먼 것으로 위안을 삼는데,
충분히 젊었기 때문이다.
머리를 빗고 밥숟갈을 드는 곳에서
목성이나 화성은 실로 멀리 있다.
이불 밖으로 비어져 나온 시린 마음을
먼 것으로 덮던 시절은 잊자.
계단들을 아무 의혹도 없이
바라본다는 건 이상하다.
계단들이 음모의 산실이라는 사실은
공공연한 비밀이 아니었던가.
거울들이 빛나는 것도

누이들의 가슴이 커지는 것만큼이나 신비하다.
계단들은 봄과 가을을 기르고
거울들은 차가운 웃음을 쏟아낸다.
모란과 작약이 경멸과 무관심을 견디며
제 비밀들을 누설한다.
거울을 보는 시간은
계단들을 부양하는 시간,
거울이 깨지고 계단이 죽는다.
죽는 것은 태어나는 것보다
힘든 일이다.
영안실 계단을 내려가는 일이
익숙해질 무렵,
최경량급 우울을 상대하는 일도 버거워서
시냇물의 노래에나 귀 기울인다.
나는 지금 자주 우울하고
권태의 가장 긴 구간을 통과하는 중이다.

삼월의 달

— 주역시편 · 55

금요일 오후에 누가,
죽는다.
달에 시체들이 차곡차곡,
쌓인다.
저물 무렵 허파가 없는 장미나
심장이 없는 바위에 대해 곰곰,
생각한다. 죽고 사는 것은
허파와 심장을 가졌기,
때문인 것을!
유한락스로 닦은 타일 바닥만큼이나
환한 둥근 흰 달.
주변에 말벌들 예닐곱 마리도
떠 있다.

찬장에는 이가 빠진 접시들,
탁자 위에는 누가
반쯤 먹다 남긴 사과의 갈색 측면.
물결이 일자 줄에 매인

흑염소가 흐느낀다.
누군가 심장 박동이 느려진다.
잠이 들었다가 깨보니, 새벽 세시,
빗소리에 귀를 기울인다.
유사 이래의 새날들이 복면을 하고
창밖에 도착한다.
어떤 날들은 자꾸 연착한다.

번개와 어둠을 잘게 쪼개는 빗줄기들이
수백 수천 수만 짐승들로
땅과 나무들과 지붕 위를 걸어다닌다.

잎과 열매

— 주역시편 · 133

오라 오라 갈 수 없으니 못 간다 등 뒤에서 닫히는 문들 나는 불만을 터트린다 나는 용의자가 아니다 나는 탁발 한 벌을 받아 길을 떠나는 사미승이다 너는 단 하나의 태양만을 머리에 이고 있는가 해가 있고 길 있는데 왜 못 오나 오라 유빙(遊氷)으로 떠돈 세월 길어 뼈에 찬바람이 드세다 그 찬바람의 종족(種族)들이 품어 기르는 새들은 연약하다 나무 아래 만들어진 그늘과 공중의 새들은 근친 관계이다 날개 가진 것은 위도 없고 아래도 없다 염치가 있었다면 누가 네 염의를 마름질할 것인가 떠나면서 뒤도 돌아보지 않았던 집이 어찌 멀다 하지 않으리 가면 가겠지만 못 가면 못 갈 것이다 밤의 모호함에 대해 의심을 갖지 마라 춤추며 까르륵거리는 소녀들의 예쁜 발들을 보라 춤추는 자와 웃는 자가 하나다 애초에 마음은 고아였으니 타관을 떠도는 일이 녹록지 않다 해도 크게 낙담할 일은 아니다 마음에 잎사귀들을 달고 밖으로 나섰는데 바람을 피할 수 있었겠나 떡갈나무 수만 개의 잎들에 수백만의 빗방울들이 열렸다 중력의 귀신들이 그 수백만의 빗방울들을 기어코 땅으로 끌어내린다 그때 나는 아직 태어나기 전이다 밖으로 끌려 나와 심문을 받은 것은 누구인가 함부로 우는 자들의 진실을 항상 의심하라 그들의 진실은 잘 변질된다 신앙을 키우는 것은 늘 불순한 날씨들이다 자식의 머리 위로 독수리가 날게 하고 그의 팔에게는 역경(逆境)을 안겨라 씨를 파종하고 죄의 열매들을 수확하는 가을의 각성(覺醒)들이 기백 번 지나갔다 죄는 번개처럼 사람들의 머리 위로 떨어진다 노래가 열리는 나무들이 자라는 땅에서 난민(難民)들이 땡볕을 피해 그늘에 앉아 있다 저들은 이미 후생(後生)을 준비한다 나무가 죽으면 노래도 더는 열리지 않는다 노래 나무가 죽으면 황사가 온다 우리는 무렴(無鹽) 채소와 곡밥 먹고 말 떠난 빈 구유간에서 무릎을 끌어안고 살았다 다시는 삶을 원하지 않는다고? 말 마라 입에서 나오는 게 말이라고 말 마라 오직 가면을 쓰고 걸어라 바다를 끼고 양쪽으로 암벽이 솟고 그 암벽 위를 걸었다면 알 것이다 우리가 잠들어 있을 때 흑염소들이 와서 이마에서 돋는 노래의 싹들을 뜯어 먹는다 흑염소들이 아귀아귀 뜯는 것은 내

눈이고 귀며 혈관이고 심장이다 우리가 괴롭지 않았다면 정말 누군가가 괴로웠을 것이다 저 다리를 건너가게 해다오 배들이 떠나는 항구를 나의 배후에 놓아다오 축축한 불멸들 끔찍한 우연들 목격자에 대한 복수는 없었다 날개가 적의에 대한 정당성이 될 수는 없다 길이라고 다 길인가 길이 아니면 가지 않는다? 나를 부르러 오는 자가 있다 갈대밭에 숨지는 않겠다 모든 길은 길이 아니다 단 하나의 수수께끼를 풀어라 넝쿨 우거지고 키 작은 풀들 뒤덮은 땅을 멧돝과 고라니가 먼저 가고 나중에 사람들이 가니 길이 되었다 길이라고 다 길인가 불운한 길들도 있다 길의 발목을 돌보지 않고 길의 섭생을 도모하지 않았다면 길은 없다 먼지의 살해자들이 지나가고 조수초목(鳥獸草木)의 살해자들이 지나가고 그 뒤를 따라 길의 운수납자들이 지나간다 누가 내 몸을 빌려 거기에 제 죄를 싣고 괴로워하겠느냐 먼저 불길한 탄생들이 있었음을 알아야 할 것이다 비를 실은 구름이 다가오고 어느 날부터 비가 내렸다 언덕들이 물에 잠기고 이윽고 산천초목들이 물에 잠겼다 물의 무게를 이기지 못해 지각변동(地殼變動)이 일어난다 왜 너는 늑대가 아니라 늑대가 다니는 황폐하고 고독한 길이 되려고 하느냐 네가 스스로 네 마음을 극소화시켜 횡격막 아래 숨기는구나 이 극소화의 분할로 너는 끝끝내 발견되지 않은 현상이다 네 마음은 늘 너의 배후다 너는 네 배후로 불굴의 패배를 부양하는구나 패배를 배우지 못한 것들이 거들먹거린다 한줌거리도 안되는 승리에 취해 있는 자들을 해일이 덮쳐 쓸어가리라 밤에는 너의 정원에서 자라는 식물들의 수관(水管)으로 물오르는 소리 그 물오르는 소리가 달을 키운다 초승에 잠들고 온달에 잠 깨리라 일찍이 너는 선도 아니고 악도 아니었다 막 태어나려는 선과 막 태어나려는 악들 사이에서 양귀비꽃들이 피어난다 빗방울들을 잔뜩 수태한 검은 구름들이 만나 천둥과 번개들을 만든다 한 꿰미의 천둥 열 타래의 번개들 땅이 사십 년간 메말랐으니 이제 비가 뿌려도 좋을 것이다 춤추고 노래하던 소녀들은 다 어디로 갔는가 초경을 하지 않은 어린 무당들이 모여서 기우제를 지낸다 열매 맺고 꽃 피나 아니다 서리가 내린 뒤 얼음이 어는가 아니다 꽃 피고 열매 맺고 서리가 내리고 얼음이 언다 나는 서리고 너는 얼음인가 나는 꽃이고 너는 열매인가 나는 죽고 너는 사는가 나는 갈 길이고 너는 돌아오는 길인가

얼음과 서리
— 주역시편 · 134

작년 늦가을 얼음 얼 무렵
내 뼛속에서 짐승이 우는 소리를 들었다

뼈가 운다 추워 추워 뼈는 어린 인류 대부분이 절멸한 지구의 빙하기를 기억한다 추위로 얼어 죽은 옛 동물들의 울음이 뼛속에 쟁여져 있다 얼음이 얼 무렵 뼈의 울음이 무심코 흘러나온다 대멸종기를 넘긴 뼈의 울음은 사라진 옛 생명들의 방언이다 너 얼음이고 나 서리인가 나 서리고 너 얼음인가 내가 그림자라면 너는 아침 손님이다 오늘 아침에는 밤나무 숲 가랑잎 위에 무릎을 꿇고 앉은 고라니를 보았다 나와 눈이 마주쳤는데도 고라니는 달아나지 않는다 저와 내가 대멸종기의 재앙을 이기고 이 세상에 살아남아 한 인연으로 얽혀 있음을 알고 있는 까닭이다 이 슬픈 난생(卵生)의 삶들이 살아서 하늘에서 내려오는 비를 맞는다 비야 고맙다 비가 내리는 아침에는 정직한 종족이 되자 빗속에 우는 멧비둘기야 네가 살아 있어 고맙다

>

겨울이 닥치자 버드나무들은 으르렁거리는 고요 속에 서서
말없이 제 앞의 서리와 얼음의 날들을 바라본다

연못 얼음이 녹자 잉어 여덟 마리가 죽은 채 떠오른다 작년 가을에 이상훈과 그의 벗들이 안성천에 살던 것들을 붙잡아 갖다 넣은 서른 마리 잉어들 중의 일부다 겨우내 얼음 아래에서 연약하고 부드러웠던 것들이 강하고 딱딱해져 물밖으로 나온다 연약하면 구부려 살고 강하면 부러져 죽는다 수련과 부들 아래 뿌리에 숨어 제 연약함을 연명하던 것들이 사라졌다 물속에서 무시로 시름을 받던 것들이 떠났으니 내 기쁨은 줄고 걱정은 늘 것이다 지난겨울 몹시 추웠으니 올여름은 더위가 기승을 부리겠다 언 땅 녹자 푸석푸석하다 푸른 것들이 새싹을 내밀고 박새와 직박구리와 붉은머리오목눈이의 울음소리가 부쩍 늘었다 발 없는 식물들과 뿌리 없는 짐승들의 활기찬 몸짓들로 세상은 화창하다 버드나무가 이 세상을 위해 연초록을 준비하는 동안 새들은 마

른 풀더미 아래에서 지난해의 풀씨를 찾고 풀덤불 속 둥지에 알들을 낳을 것이다

무슨 신명이 난다고
저 푸릇하고 명랑한 것들이 자꾸 땅을 밀고 솟아나오는가

입춘

— 주역시편 · 19

좋은 꿈은 짧고 나쁜 꿈은
길다.
전역했는데 입영통지서를 받는 꿈들.
군대에는 나쁜 선임들이 있다.
봄엔 나쁜 꿈들이 창궐하리라!
얼었던 금광호수가 녹고
가창오리들이 부쩍 부산스럽고 활발해진다.
부동(不動)하던 돌멩이 가창오리들.
떠날 때가 되었나 보다.
한반도에는 공룡의 서식처들과 그 흔적들이
있다.
역(易)은 너무도 넓고 크고
하늘은 누렇고 땅은 검다.
노모는 외출할 때마다 화장을 한다.
아버지의 열한 번째 기일.
백수로 산 날들이 더 길었던 아버지,
직업에 대한 회의가 길었다.
김병의 씨 딸이 결혼한다고 청첩장이 왔다.

우체부는 타살당한 게 분명하다.
저 옛날 네안데르탈인들도 죽은 자를 매장했다.
그가 멀기로는 한계가 없고
가깝기로는 눈앞에 있다.
태평양 건너에 사는 딸은 석 달째 연락이 없다.
노모가 주는 홍삼액을 마시고
가끔 한밤중에 지구가 움직이는 소리를 듣는다.
홍적세 간빙기를 빠르게 통과하는 굉음.
백만 년 전 호모 에렉투스는
우리가 보는 것과 다른 별자리를 보았다.
역 안에 천지가 있다.
꿀벌들의 개체수가 해마다 준다.
예감을 꿰뚫는 전조(前兆)들.
지난겨울은 오는 봄을 위한 속죄양이다.
태양은 소진되고 말 것이다.
건은 소름 끼치도록 고요하지만
움직일 때는 크게 움직여 놀라게 한다.
곤은 고요할 때는 괄약근처럼 오므리고

움직일 때는 넓게 퍼진다.
문득 펼쳐진 공허(空虛).
구상나무 아래 땅거죽을 푸른 뿔들이 밀고 올라온다.
비비추가 가장 어여쁜 건
이때다!

김종삼 전집

— 주역시편 · 22

정처없는 마음에 가하는
다정한 폭력이다.
춤추는 소녀들의 발목,
혀 없이 노래하는 빗방울,
날개 없이 날려는 습관이다.
아무 짝에도 쓸모없는 이정표,
또다시 봄이 오면
누가 봄을 등 뒤에 달고
벙거지를 쓰고 허청허청 걸어간다.
그가 누구인지를
잘 안다. 오리나무에서 우는 가슴이
붉은 새여,
오리나무는 울지 않고
바보들이 머리를 어깨에 얹은 채 지나가고
4월 상순의 날들이 간다.
밥때에 밥알을 천천히 씹으며
끝끝내 슬프지 않다.
죽은 자들은 돌아오지 않고

오직 기일과 함께
돌아오는 5월의 뱀들.
풀숲마다 뱀은 고요의 형상을 하고
길게 엎드려 있다.
감상적으로 긴 생이다.
배를 미는 길쭉한 생 위로
얼마나 많은 우아한 구름들이 흘러갔는가.
개가 죽은 수요일 오후,
오늘이 습기를 부르는 바람이 분다.
날은 벌써 더워지고
봉우리마다 커다란 적막이 깃든다.
하루가 일목요연하지는 않다.
나를 찾고자 한다면
부디 빨리 찾기 바란다.
숨은 자는 발각되기 마련이다.
김종삼 전집이 서가에서 보이지 않는다.
나는 흙냄새를 맡는다.
죽은 아버지와 죽은 개와 죽은 새는

카론의 나룻배를 타고
황천을 향해 천천히 나아간다.
6월이 오고,
6월이 끝날 때까지
입술을 깨물며
음악을 견딘다.

‘운다’라는 말

— 주역시편 · 23

어디에선가 시체 한 구가 조용히 부패하고
염소와 운다 사이에서
조사 ‘가’는 새끼 고양이같이 가르랑거린다.
조사 ‘가’는 시체의 세계에 속한다.
울음은 온갖 산 것들에 붙어 기생한다.
조사 ‘가’는 쇠의 침묵을 밀고 나아간다.
동풍이 구름을 밀고
시냇물이 뻐꾸기 울음을 밀며 나아가듯.
한 죽음이 여러 죽음이 되는 날에
조사 ‘가’는 불개의 사생활이다.
조사 ‘가’는 저 혼자 움직이지도 못한다.
물론 조사 ‘가’의 잘못이라고는 할 수 없다.
염소의 책임도 아니라면
울음의 책임은 더더구나 아니다.
조사 ‘가’는 무통(無痛)의 운명이다.
부엉이 바위에서 뛰어내린 건 염소가 아니다.
염소와 운다 사이에 끼여
조사 ‘가’는 피를 흘린다.

조사 '가'의 목덜미는 세로로 10센티미터쯤
절개가 되어 있고,
그 부위에서 피가 솟아나고 있다.
조사 '가'야, 죽지 마, 죽지 마.
조사 '가'의 운명에 대해서
염려해본 적이 없다.
조사 '가'는 염소의 위치를 분명하게
정해주는 경향이 있다.
조사 '가'는 우연을 배제하지 않는다.
단수 염소가 운다.
염소들이 우는 틈에서 조사 '가'도
운다, 능소니가 울듯이.

문장들

— 주역시편 · 230

천간(天干)으로 따지자면
나는 갑목(甲木),
양(陽)의 기운이 승하다.
지지(地支)로 따지자면 인목(寅木)이다.
계절적으로는 겨울나무다.
큰 나무 속에 든 호랑이다.
나는 옛날 음식과 생활방식을 좋아하는
미래주의자다.
나는 모순어법 속에 산다.
나는 망설인다.
나는 새로 온 사람이다.
나는 이미 먼 곳이다.
나는 은신 중이다.
나는 어딘가로 가지 않는다.
나는 항상 여행 중이다.
나는 주변인이다.
나는 속박된 노동을 거부한다.
나는 관습들을 거부한다.

나는 당연한 게 도무지 당연하지 않다.
나는 언제나 나의 외부다.
나는 사이를 통과한다.
나는 문턱을 넘는다.
나는 미치지 않았다고 생각한다.
나는 면봉으로 귀 파기를 좋아한다.
나는 하면 된다고 말하는 사람들을 의심한다.
나는 신선 달걀을 사는 천진한 사람들이 좋다.
나는 해바라기를 좋아한다.
나는 단순한 게 좋다.
나는 끈질긴 여자를 사랑할 수 없다.
저기 먼 곳에서 방랑자들이 돌아오고 있다.
그들 중에 내가 끼어 있다.
나는 과거가 아니다.
나는 나의 내일이다.

그림자 제국

— 주역시편 · 262

그림자가 그림자에게 말한다.

살아 있다는 게 믿기지 않아요.

하지만 살아 있잖아요.

권태와 피로가 그걸 증명하잖아요.

남자들이 날마다 금연 결심을 하면서도

여전히 담배를 피운다.

이상훈 씨, 그만 담배 끊어요!

힘든 세탁 일을 하는 그는 내 충고에 웃고 만다.

그가 자리에서 슬그머니 사라질 때는

담배를 피우기 위해서다.

어느 날 그가 '담배 끊었어요' 한다.

담배를 끊은 건 그의 그림자다.

당분간 그의 그림자가 힘들 것이다.

음식을 꾸역꾸역 먹는 여자들이

돌아서서 음식을 게운다.

여자들은 '살찌는 건 죽음이에요'라고 말한다.

죽는 시늉을 하는 여자들,

그 시늉에 속아 죽음이 그들을 건너뛴다.

사과를 잘 깎는 언니들,
다리미질을 잘하는 이모들,
다 멸종하고 그림자 여자들만 남았다.
날마다 산림욕장을 향해 걷는데
산림욕장 저 너머에
그림자들이 사는 세상이 있다 한다.
지평선도 없고
딸기밭도 없다고 한다.
저 너머에는 유기견들과 소금이 익는 염전들,
길어진 그림자들이 쓸쓸한 황혼뿐.
그림자가 일어나 물을 마시고
하품을 한다.
그림자가 일을 꾸미고
그 일이 틀어지자 분노한다.
그림자들이 강을 파헤치고
물길을 바꾸려고 한다.
머지않아 그림자의 제국이 굳건해질 것이다.
한 남자가 제 그림자를 데리고

서해로 가고 있다.

왜 사람들은 죽을 때

그림자와 함께 죽으려고 하는지!

돌의 정원

— 주역시편 · 360

수사슴이 갑자기 뛰어 들어왔네.
책상 위에는 비누와 줄자와 잉크병과 종이들이
흩어져 있었는데,
책상 위로 뛰어 들어온 수사슴은
불안한 눈동자로 주변을 살폈네.
어쩌면 그것은 수사슴이 아닐지도 모르네.
세상의 규칙에 길들여진
내 눈이 수사슴이라고 보았을 것이네.
바람일지도,
그림자일지도,
까마귀일지도,
토끼일지도 모르네.
"지금 밖에 비가 내려요."라고 수사슴이 말했네.
"무슨 비야? 보름달이 환하구만!"이라고 내가 말했네.
"비가 내려요. 방사능 비가 내려요."라고 수사슴이 말했네.
"지금 안개가 자욱하구만. 저건 비가 아냐!"라고 내가 말했네.

수사슴은 돌이 되었네.
돌이켜보니, 내가 돌의 정원에 들어온 지도
벌써 반세기가 흘렀네.
나는 소금 장미,
나는 사막 전갈,
나는 천 개의 눈이었네.
수사슴이 갑자기 내 무릎을 깨물었네.
"어쩔 수가 없어요."라며 돌수사슴이 흐느꼈네.
나는 슬프지 않았네.
"그건 네 일일 뿐이야."라고 내가 말했네.
"미안해요. 어쩔 수가 없어요."라며 돌수사슴이 웃었네.
"내가 네 두개골을 깰 수도 있었어. 나는 그러지 않았지.
그랬다고 내가 착해진 건 아니야. 너도 나도 그저
우연에 물렸을 뿐이야."라고 내가 말했네.
돌수사슴에 물린 뒤 나는 홀연 돌이 되었네.
돌의 정원에 천 년 전의 눈이 내렸네.
저 돌들도 한때는 피와 살을 가진 사람이었는데,
돌수사슴에 무릎이라도 물린 것일까?

돌들이 눈을 맞으며 하품을 하고
개들이 돌들을 핥았네.
나는 쓰고 있던 모자를 벗네.
모자 아래 눌린 새들이 공중으로 날아오르네.
수백 마리, 수천 마리, 수만 마리……
까만 새들이 공중에서 울어대네.
돌의 정원에 가랑비가 내리네.
돌의 정원에 돌풍이 부네.
돌의 정원에 안개가 자욱하네.
돌의 정원에 무릎을 물린 나와 돌수사슴이 서 있었네.
비누들이 녹는데,
누군가 줄 없는 거문고를 연주하네.
돌의 정원에 눈이 내리는데,
돌수사슴 한 마리가 울고 있네.
나는 눈물이 나지 않네.
이끼들이 자라는 돌의 정원에서 사람들이 울고 있네.
흐르는 것을 흐르게 두고
멈춘 것은 멈춘 그대로 두어라.

하늘에 무지개가 걸리고
천사들의 장엄 교향곡이 울려 퍼지네.
세례를 받은 돌들이 하나씩 녹아
강으로 흘러가네.

4부

저 바다

— 주역시편 · 101

불쑥 내미는

네 하얀

유방,

저 젖가슴에 귀신고래들이 매달려

젖을 빤다.

가랑잎이 지고

멧비둘기들이 운다.

저 바다,

저 바다,

침몰한 함선과 승객을 잃은 여객선들의

무덤,

돌연 끝난 여름.

산등성이에 앉은 다소곳한

절들.

추분 지나자 나무 그림자들이

짧아진다.
저 바다,
저 바다,

골짜기들의 어머니,
한숨과 미풍들의 공장.

거룩한 악덕과 진부한 중력과 새 우울들이
오후를 덮친다.
그토록 엄청난 노동의 낭비 위로
듣는 빗방울들!

곧 얼음이 얼고
도처에 이별들이 올 거야.
목례를 하고 지나가는
저 바다,
푸른 동상.

바다로 쏟아지는 바다

— 주역시편 · 7

파도들이 스무 평이나 서른 평씩 하늘을
제 이름으로 등기한다는 파도리다.
파도들이 바다라는 책을 읽는 곳,
내 귀의 달팽이관에 차는 바다,
오직 귀에만 차오르는 바다.

바람이 불면 부푸는 저 치맛자락,
속에 하얀 허벅지와 불두덩,
바다의 희귀한 난초 꽃밭,
바람은 난초꽃 향내를 공중에 퍼뜨린다.

바람은 파도를 몰고
뭉개지는 꽃들, 꽃들, 꽃들.

바람은 바람둥이다.
당신의 가랑이 새 살내음이 번지고

놀라서 크게 벌어지는
아침 바다의 새파란 동공!

• '파도리'는 태안반도에 있는 한 마을의 이름이다.

감

— 주역시편 · 3

쇠오줌을 끌어다 쓴 텃밭에는
청무들이 자라고
감나무에는 어린 여동생들이 다닥다닥 매달린다.
저 탱탱해진 감들!
일찍도 늦게도 아니고
한 해 한 가지에서 나왔으니
동복(同腹)이다.
저 많은 자매들을 누가 감히 건드리랴!

상강 즈음 어스름 저녁,
감들은 달거리하는 것도 아닌데
몸이 붉구나.
애 밴 것도 아닌데 만삭이구나.
풍수 천문 관상은 못 배웠어도
바람과 빛의 말은 다 알아듣고
세상 문리는 터득했겠구나.

이 저녁 감들이 저 경지이니

우리도 부처 눈썹쯤은 되어야겠다.
감나무 아래로 태정이네 어머니가
허리 구부리고 지나간다.

안성

— 주역시편 · 177

산수유 붉은 열매를 등 뒤에 두고
돌부처 한 분,
세월을 빗는 청맹과니구나.
눈도 코도 뭉개지고
남은 건 초심뿐.
잃을 것도 얻을 것도 없으니
무심하구나.
꽃 지고 붉은 열매가 지기를
기백 번,
또다시 꽃 없는 가을이
저 목련존자의 얼굴 위로
지나가는구나.

금목서를 품은 저녁들

— 주역시편 · 31

날씨가 불순하면 혀 밑에서
침이 솟는다.
서쪽에서 동쪽으로 나아가는 구름은
진흙 색깔이다.
십 년 뒤에는 가랑비를 좋아하고
삼십 년 뒤에는 경건해질 것이다.
날개 없이 발로 걷는 거 지루해.
끼니때마다 밥 먹는 거 지루해.
금목서 아래에서 당신을 기다릴 때
세상의 뻔뻔함에 지친 사람들이
도망간다, 양귀비 꽃밭으로.
오, 땅의 갈라진 틈에서 나오는
번개여, 당신을 기다린다.
물결치는 당신을 기다린다.
천둥과 번개들이 구름에서 흘러나오고
어제들은 쿠바에서 돌아오고
당신은 풀숲에서 나타난다.

>

오전에는 옛 여자의 사진을 찾고
오후에는 늦은 택배회사 기사에게 욕설을 한다.
흘러넘치는 피의 격동이
오후를 가로질러 온다.
내가 눈뜨면 당신은 잠에 빠지고
내가 걸으면 당신은 배를 밀며 나아간다.
뱀으로 산다는 것은
늑대나 이교도로 사는 것보다 나쁘지 않다.
뱀으로 산다는 것은
물고기로 사는 것과
박쥐로 사는 것의 사이가 아닐까.

중화반점(中華飯店) '마오'에서
중국요리를 시키고 이과두주를 마신다.
그날 그 시간을
술집 바닥에 모두 게운 당신,
환멸인 듯 무심히 당신과 토사물 사이에
나는 서 있었지.

모종의 모독이 조용히 날개를 접는다.
푸른 시간들이 어리석구나,
누가 내 뒤통수에 대고 중얼거릴 때
뱀이 끔찍한 거죠, 라고 나는 응수한다.
단순함이 복잡함의 극단이란 걸
당신은 몰랐단 말이지?
뱀들이 가면 첫얼음과 삭풍이 온다.
푸른 뱀들이 긴 몸을
동그랗게 말고 쉰다.
성급한 자살자들도 망설이는 월요일,
모든 게 시작되는 날이다.
사랑도 아직은 이른 날들,
거리에 꽃과 이슬의 폭탄들이 터지고
당신은 후르츠 캔디를 빨며
함흥냉면을 먹으러 걸어간다.

네 눈썹

— 주역시편 · 45

오후 세시에서 다섯시 사이
몸 없는 것이 그림자를 끌고 온다,
어린 동백은 가슴이 붉다.
어느덧 패전투수라는 불명예가
굳어진 5회 말(末)이다.
초반실점이 치명적이었다.
지난가을에서 올봄까지 몸에서 4킬로그램이나
빠지고 남은 것은
영혼의 가벼움,
몸에서 슬픔을 뺀 무게!

나는 내가 아니고
네가 나인 것은 더욱 아니고
밖으로 나간 마음을 붙잡고 서성거릴 무렵
나와 너 사이에 살얼음이 낀다.
검은 머리에 진눈깨비를 받으며
꽃등심 먹으러 가던 날
네 마음은 유통기한을 넘긴 지 오래,

>

매화 흰빛,

저고리 앞섶 흰빛,

저녁밥 거른 채 나와서 떠는

어린 별 몇 점,

서글픈 것들은 붉은 것을 딛고 다 흰빛으로

온다, 실편백나무 아래 솜뭉치 같은

눈들이 녹는 밤,

도살당한 소는 무릎을 꿇고

어느덧 네 눈썹은

다 식었다.

당나귀

— 주역시편 · 905

포달스런 늑대로 살라고 한다.
내게 굳센 턱과 날카로운 송곳니를 갈아
곡식 낱알이 아니라
산 짐승을 찢으라 한다.

제비로 살라고 한다.
뼈를 비우고 공중 높이 활공을 하며
이빨이 아니라
부리로 풀씨를 쪼으라 한다.

늑대도 아니고 제비도 아니다.
나는 투미하니 무명(無名) 당나귀로 살고자 한다.
속뼈가 휘도록 당신을 태우고 가고자 한다.
저기 먼 곳으로,
여기가 아닌 먼 곳으로.

겨울과 눈과 별자리가 반짝이는 곳,
베란다마다 저녁들과 포도주가 익고

당신이 혼수로 마련한 한 꿰미의 웃음과
열두 켤레의 키스가 피어나는 곳으로,
옴니암니 북적임을 뚫고
당신과 함께 나는 가야지.

연애

— 주역시편 · 263

주말 경마에서 돈을 다 털렸으니
월요일은 늘 빈털터리야.
반바지나 입고 일하러 가야지.
슬픔에는 휴무가 없어.
남은 날들은 금요일로 바꿔놓겠어.
지구에 불시착하는 아이들과
황금빛 생맥주 첫 잔이 오는
금요일 저녁이면 좋겠지.
나뭇가지들은 서리로 반짝이고
모든 가르릉대는 고양이들은 다 예뻤지.
금요일 저녁마다
당신 볼은 발갛게 타올랐지.

내 사치는 국수를 먹고
당신의 물방울들을 바라보는 것,
신기하기도 하지,
물방울들은 다시 올 수 없는 것들의
계보에 속하지.

다시 돌아온다면
그토록 달콤했겠어?

지구는 19그램의 키스를 감당하지 못하고
137억 년의 늙은 우주는
당신의 물방울들을 감당하지 못하지.
당신이 검은 니트 한 벌을 주었을 때
생쥐 열 마리가 자라는 검은 니트는
내 여생이야,
네가 입어야 해, 라고 당신은 말했지.
헤어지자는 말인 걸 알아들었지.
혹시라도 거리에서 마주치면
외면하지 마.
천진한 미소를 보여줘.
당신의 물방울들과
돌들이 눈을 뜨는 금요일 정오의 정사를
꼭 기억할게.

구월의 아침들

— 주역시편 · 10

네가 웃고 있을 때
어딘가에서 비둘기가 날 거야.
비둘기들은 웃음의 힘으로
허공을 나니까.

네가 웃지 않는다면
비둘기들은 땅으로 떨어질 거야.
골목길에는 침울한 구름들이 떨어지고
건널목은 상심할 거야.
누군가 웃음을 잃었다면
한 계절이 끝났다는 신호야.

어제저녁,
돌연 여름은 끝나버렸지.
슬픔들이 제 부력으로
웃음들을 흰 구름 만큼 높이
떠올린다는 걸 알았어.

>

밴들이 물푸레나무 아래서 젖은 몸을 말리지.
아침 일곱시에는 농담 같은
뉴스들이 흘러나오고
노모의 손가락들이 길어질 때
비둘기 떼가 한 방향으로 날아갔어.

이 구월의 아침 어딘가에서
네가 웃고 있는 걸 알았어.

구월의 작별들

— 주역시편 · 28

오후의 햇살들이 붉은 녹이 슬어
부러진 채 뒹굴고
새싹들은 미친 듯 땅을 찢고 자라난다.
뭔가 잘못됐다.
뭔가 잘못됐다.

내 말들은 자음과 모음으로 조합되지 않은 채
공중에서 뜻없는 신음으로 흘러갔다.
큰 사업을 따낸 사내들이 빗속으로 돌아오다가
자동차와 함께 계곡으로 떨어지고
탐스러운 칸나꽃들 모가지가 뚝뚝 부러졌다.
집오리들이 갓 부화한 새끼들을 버리고
수컷을 따라 나간 뒤 돌아오지 않았다.

어머니, 저는 길을 잃었어요,
어두워지는데, 어머니는 오시지 않았다.
어머니는 모래로 밥을 지어
모래밥을 차린 뒤 나를 기다렸다고 했다.

나는 마흔이 되어 겨우
여항(閭巷)을 헤매다가 집에 돌아갔는데,
어머니는 오래된 마루를 두드리며
처음 듣는 노래를 부르고 계셨다.
뭔가 잘못됐다.
뭔가 잘못됐다.

텃밭의 시금치는 시든 지 오래
닭들은 떠나고 닭장엔 깃털만 날린 지 오래
예쁜 누이들은 다 어디 갔나요?
젊은 아버지는 어디 가셨나요?
상심한 맨드라미들이 얼굴이 붉어진 채
고개를 꺾고 서 있다.

해설

역(易)과 시(詩)

권혁웅 · 시인

1

은나라 사람들은 나라에 중대사가 있을 때 거북점을 쳤다. 소의 어깨뼈나 거북의 껍질에 구멍을 뚫고 구멍 주위를 불에 구우면, 주변에 다양한 균열이 생긴다. 이 균열을 '조짐'이라 부르고, 조짐을 보고 일의 길흉을 판단하는 말을 '점사'라 부른다. 주나라 시대로 넘어오면 거북점 대신 나뭇가지나 시초(蓍草, 톱풀)를 써서 점을 쳤으므로 이를 시초점이라 불렀다. 거북점은 매번 다른 균열이 생겼으므로 복잡하고 판단하기 어려웠으나, 시초점은 쉽고 간명했으며 50개의 풀대(사실 나뭇가지건 성냥개비건 상관없다)만 있으면 어디서든 점을 칠 수 있었으므로 경제적이고 실용적이기도 했다. 주나라 시대의 역이라 하여 이를 주역(周易)이라 부른다.•

역(易)에는 세 가지 의미가 있다. 첫째, 이간(易簡) 곧 쉽고 간명하다는 뜻. 둘째, 불역(不易) 곧 불변이라는 뜻. 셋째, 변역(變易) 곧 변화와 전환이라는 뜻. 역은 세계의 무한한 변화와 생성을 그 변화와 생성의 '패턴'이라는 관점에서 유형화하였으므로 간명하다. 이것이 이간이다. 그런데 이것은 달리 말하면 무한한 변화의 와중에서도 변하지 않는 법칙(항상성)을 찾는 일이므로 불역이기도 하다. 마지막으로 그것은 고정된 표준을 세우지 않고 경험적인 변화의 수를 찾는 일이므로 변역이다.•• 역의 의미를 다시 정리하면 다음과 같다. 첫째, 복잡한 세상의 이치를 분명하고 명료하게 파악한다. 둘째, 무수한 변화와 생성의 원리, 곧 변화와 생성을 만들어내는 항상적인 원칙을 수립한다. 셋째, 그러나 그것은 경험적인 다양성의 차원에서 수립된 통계적 사실이지 선험적인 인과의 원칙은 아니다.

주역은 은말주초의 생활상이 반영되어 있는 실용처세서이자 당대의 공적 선택과 정신을 기록한 정치철학서이며, 삶의 기저에 흐르는 보편적 원리를 규명하려는 신

• 마침 시인의 이름이 '석주'(錫周)다. 주역(周易)에 빗대어 이번 시집을 주시(周詩)라 불러도 될까? 억지지만, 저런 방식으로 공통성을 찾아가는 게 주역의 경험적 사고이기도 하다.

•• 풍우란, 『중국철학사(상)』, 박성규 옮김, 까치, 1999, 600쪽.

학서다. "주역은 오랜 세월에 걸쳐 여러 사람의 손으로 조금씩 형성되어온 책이므로 정돈된 체계를 찾기 어려우며, 살아가는 이야기이면서 동시에 하느님 이야기이므로 연속된 구성을 찾기 어렵다. 우리는 책의 여기저기에 나 있는 구멍과 틈새를 그대로 놓아둔 채 주역을 읽어야 한다."• 저 구멍과 틈새야말로 기호화, 상징화가 불가능한 삶의 영역일 터, 주역과 시의 공통점은 여기서부터 생겨난다. 둘 다 삶의 영역을 겨누고 있으며, 거기서 파생되는 수많은 희로애락을 맛보고 다스리고 달래고 누리려는 노력으로 가득 차 있다. 둘은 그 영역을 다 포괄하지 못하는 무능과 그럼에도 불구하고 그것을 파악하려는 노력과 그 영역과 자신을 가까스로 일치시켰을 때 느끼는 희열의 기록이다.

장석주의 이번 시집에 실린 시들에는 '주역시편'이라는 부제가 붙어 있다. 그렇다고 해서 이 시집을 주역의 시적 번안이라 볼 필요는 없다. 이 시집의 문체와 세계는 시인의 이전 작품인 『몽해항로』(2010), 그 이전 작품인 『절벽』(2007)과의 연속선상에 있다. 명상적인 어조로 '생활'세계의 세목과 그 너머에 숨은 '생(生)'이라는 거대한 추상에 깃든 비밀과 '당신'으로 호명되는 어떤 절대성과

• 김인환, 「역자의 말」, 『주역』, 나남, 1997, 10쪽.

의 실존적 대면을 유려하게 적어 내려간 시편들 말이다. 그런데 한편 생각하면 주역이야말로 생활세계의 기록이자 그 세계 너머에 있는 불변성에의 탐구가 아닌가? 주역의 음과 양이야말로 나와 당신으로 대표되는 조화(나아가 사랑)의 표상 아닌가? 그러니 주역으로 들어가 이번 시집으로 나오거나 이번 시집으로 들어가 주역으로 나오는 방식도 잘못은 아닐 것이다.

2

주역은 이진법의 세계다. 양의 기호인 '—'(양효, 이어진 선)와 음의 기호인 '- -'(음효, 끊어진 선), 이 둘이 모든 체계의 기저에 놓여 있기 때문이다. 둘이 셋씩 짝을 이루어 (2의 3승인) 팔괘를 이루고, 팔괘가 둘씩 짝을 이루어 (8의 2승인) 64괘를 이룬다. 주역에서 이 64괘를 설명한 부분을 「역경(易經)」이라 부른다. 따라서 「역경」은 64장으로 이루어져 있으며, 각 장은 64괘 전체를 설명하는 부분과 각 괘를 이루는 여섯 개의 효를 설명하는 부분으로 이루어져 있다. 전자를 괘사(卦辭), 후자를 효사(爻辭)라 부른다. 거북점에 비교하자면 8괘와 64괘가 '조짐'이요, 괘사와 효사가 '점사'인 셈이다. 여기에 「역경」에 대한 해설

서인 「역전(易傳)」이 있는데 10장으로 이루어져 있어서 십익(十翼)이라 부른다. 전자가 점치는 일과 그것의 뜻을 설명하는 해설서라면, 후자는 그것에서 보편원리를 추론해내는 철학서다. 그러니까 주역은 $2 \rightarrow 8(2^3) \rightarrow 64(8^2$ 혹은 $2^6) \rightarrow \cdots\cdots$•로 배가(倍加)되어나가며, 그로써 질서와 복잡성 모두를 포획하는 체계가 된다.

이 시집(부제에 따라 앞으로 '주역시편'이라 부르자)이 펼쳐놓은 천변만화의 세계에 접근하는 가장 좋은 방법도 이런 이진법의 핵심을 찾는 것이다. 나와 세계는 어떻게 축조되어 있는가? 나와 내 생각, 느낌, 감각의 영향을 받는 세계가 있고, 내가 아닌 이와 내 생각, 느낌, 감각이 영향을 받는 세계가 있다. 그러니까 세계는 나와 나 아닌 것, 이렇게 두 개의 중심을 갖는 타원이다. 시인은 이 두 번째 중심을 '너' 혹은 '당신'이라 부른다.

저지방 우유를 마시고
너와 물 마른 강가를 거닐고
너와 헤어질 거야.
그 거리에 바람이 불면 너를 그리워할 거야.
너를 잊고.

• 한나라 때 초연수는 『역림(易林)』에서 64괘를 다시 64괘로 변환하여 4,096괘(64^2혹은 2^{12})를 얻고, 여기에 시로 지은 점사를 덧붙였다고 한다. 김인환, 앞의 책, 17쪽 참조.

다시 너와 만날 거야.

너와 노래방에 가서 노래를 부를 거야.

어느 날 망치들이 소녀의 머리를 내려치지.

소녀의 사생활은 산산이 깨져버리지.

외할머니들은 세상을 뜨시겠지.

이태 뒤 혹은 삼 년 뒤에.

겨울이 오면 산은 밤새 북풍에

떨며 울 거야. 그다음

미친개와 뻐꾸기들과 바람난 꽃들이 깔릴 거야.

헌 옷들에서 단추가 떨어지고

쌀독은 바닥이 드러날 거야.

민들레꽃들 사이에서 너는 웃고 있을 거야.

없는 너,

없는 너,

네가 사춘기의 소녀라면 아마 나는

얼굴이 빨개질 거야.

늦여름 저녁 바람이 불고

수수밭 수수들이 큰 키를 휘며 누울 때

나는 너를 기다릴 거야.

나는 너를 기다리지 않을 거야.

—「언젠가」 전문

내가 양이라면 너는 음이고, 내가 음이라면 너는 양이다. "한 번은 음이 되고 한 번은 양이 되는 것을 도라고 부른다(一陰一陽之謂道)."(『주역』, 역전의 「계사상전」) 여기서 모든 가능성이 생겨난다. 1연부터 보자. 나는 너와 함께 하거나 너와 헤어질 것이다. 너와 내가 관계 맺는 두 가지 양상이다($2^1=2$). 너와 함께 한다면 첫 번째 가능성은 지속되겠지만, 너와 헤어진다면 다시 가능성은 둘로 나뉜다. 너를 그리워하거나 너를 잊거나. 한편으로 나는 너를 계속 만나거나 돌이켜 너를 다시 만날 수 있다. 그러니 가능성은 넷이 되었다. 너를 계속 만나거나 너를 다시 만난다. 혹은 너와 헤어져 너를 잊거나 너를 그리워한다($2^2=4$). 여기에 시간이 개입하면 너는 나를 만나기 전의 소녀가 되거나 예전에 만났던 여자("외할머니")가 된다. 그러니 가능성은 다시 세 번 불어난다. 과거(소녀), 현재(숙녀), 미래(할머니)의 너. 이들과 나는 만나거나 만나지 못할 것이다($2^3=8$). 소녀와 할머니를 만나지 못하게 된다면 이는 소녀 적의 네가 횡액을 당했거나("망치들이 소녀의 머리를 내려치지") 노년의 네가 세상을 떠났기 때문이다.

2연은 부재의 가능성에 대한 부연이다. 너와 헤어져 너를 기다리는 경우(앞의 네 가지 선택지 가운데 하나다)에도 가능성은 또 둘로 나뉜다. 너를 기다리거나, 너를 기다리지 않거나. 후자는 너를 잊는다는 것과 같은 뜻이 아니다. 생활세계의 세목이 거기에 더해진 데 주목하라. "수수밭 수수들이 큰 키를 휘며 누울 때" 곧 내 기다림도 무르익었을 때, 나는 여전히 너를 기다리거나 오지 않는 너에 절망할 것이다. 과거의 너였다면("사춘기의 소녀라면") 너는 얼굴이 빨개졌을 테고.

그러니 이 이진법이 소개하는 둘을 구조가 말하는 악명 높은 이항대립의 그 둘과 동일시하지 않아야 한다. 후자의 둘이 모든 것이 수렴되는(만상을 단순화하고 추상화하는) 형식화의 기제라면, 전자의 둘은 모든 것이 태어나는(만상의 모태가 되는) 구체화의 기제다. 이 시집에서 가장 아름다운 시편 가운데 하나인 「잎과 열매」가 노래하는 것도 이런 무한한 변화를 생산하는 둘로서의 가능성이다.

왜 너는 늑대가 아니라 늑대가 다니는 황폐하고 고독한 길이 되려고 하느냐 네가 스스로 네 마음을 극소화시켜 횡격막 아래 숨기는구나 이 극소화의 분할로 너는 끝끝내 발견되지 않은 현상이다 (…) 일찍이 너는 선도 아니고 악도 아니었다 막 태어나려는 선과 막 태어나려는 악들 사이에서 양귀비꽃들이 피어난다 빗방울들을 잔뜩 수태한 검은 구름들이 만나 천둥과 번개들을 만든다 한 꿰미의 천둥 열 타래의 번개들 땅이 사십 년간 메말랐으니 이제 비가 뿌려도 좋을 것이다 춤추고 노래하던 소녀들은 다 어디로 갔는가 초경을 하지 않은 어린 무당들이 모여서 기우제를 지낸다 열매 맺고 꽃 피나 아니다 서리가 내린 뒤 얼음이 어는가 아니다 꽃 피고 열매 맺고 서리가 내리고 얼음이 언다 나는 서리고 너는 얼음인가 나는 꽃이고 너는 열매인가 나는 죽고 너는 사는가 나는 갈 길이고 너는 돌아오는 길인가

—「잎과 열매」 부분

너는 늑대가 아니라 늑대가 다니는 어두운 길이며(네가 욕망을 실은 수하물로서의 몸이 아니라 욕망의 통로였다는 뜻이다), 숨소리마저 죽여 자신을 숨겼다. 죄의식은 악을 저질렀음을 증거하는 것이지만 선한 자만이 품을 수 있는 것이기도 하다. 그래서 "너는 선도 아니었고 악도 아니었다." 차라리 너는 선 이전에, 악 이전에 있었으며 그래서 그 자체로 순결하고 아름다웠다. 그 아름다움이 격동을 낳았으니, 너는 있으면서("초경을 하지 않은 어린 무당들이 모여") 없는("춤추고 노래하던 소녀들은 다 어디로 갔는가") 이들의 무리에 섞여 구별되지 않았다. 너는 모든 인과의 원인으로 은닉되지도 않았고 인과의 결과로 출현하지도 않았다. 차라리 너는 그 모든 인과의 사슬 모두에서 출현하는/출현할 수 있는 잠재성이다. "꽃 피고 열매 맺고 서리가 내리고 얼음이 언다." 그럼에도 불구하

고 네가 있는 그쪽은 내가 있는 이쪽과는 반대여서, 내가 서리와 얼음이면 너는 꽃이고 열매일 수밖에 없다. 내가 출현하면서 네 가능성의 절반을 내 출현의 동력으로 써 버렸기 때문이다. 그렇게 우리는 생사와 이별을 나누어 갖는다.

양과 음, 너와 나는 모든 것을 낳는 두 개의 구멍이다. 둘을 묶은 '우리'는 서로의 자장 안에 든 두 개의 중심이다. 하나의 중심을 갖는 원은 개미지옥처럼 모든 물상을 '나'라는 중심으로 삼켜버린다. 하나는 증식할 수가 없다. 타원만이 내가 아닌 이와 내 것이 아닌 물상들을 생산해낼 수 있다. 주역시편에 내재한 논리가 바로 이 생산의 논리다.

3

양효와 음효, 둘이 세 번 출현하면 팔괘가 된다. '하늘'을 상징하는 건괘(乾卦), '땅'을 상징하는 곤괘(坤卦), '우뢰'를 상징하는 진괘(震卦), '바람'을 상징하는 손괘(巽卦), '물'을 상징하는 감괘(坎卦), '불'을 상징하는 이괘(離卦), '산'을 상징하는 간괘(艮卦), '연못'을 상징하는 태괘(兌卦)가 그것이다. 「역전」의 한 장인 「설괘전(說卦

傳)」은 각각의 괘에 어떤 상징이 배당될 수 있는지를 설명한 글이다. 이에 따르면 각각의 궤는 자연물뿐만 아니라 운동이나 속성(강하고 순하고 움직이고 들어가고 빠지고 걸리고 그치고 기쁘다), 동물(말과 소와 용과 닭과 돼지와 꿩과 개와 양), 신체 부위(머리, 배, 발, 허벅지, 귀, 눈, 손, 입), 사회와 가족 구성원(임금과 아버지, 어머니, 맏아들, 맏딸, 도적, 중간딸, 내시, 막내딸과 첩)에서 하루의 시간, 사람이 취해야 할 도리, 방위에 이르기까지 대단히 폭넓게 쓰인다. 이토록 복잡한 팔괘가 두 번 출현하여 64괘를 이루니 각각의 상징이 상호작용하여 생산하는 의미역(意味域)은 대단히 폭넓은 것이라 할 수 있다.

그런데 기호와 상징은 본래 체계의 정합성만을 따질 뿐 사실과의 정합성을 따지지는 않는다. 저 이진법의 배가는 확실히 체계화의 소산이지만 그것이 실제와 일대일로 대응한다고는 말할 수 없다. 이쪽의 설명과 저쪽의 적용이 같지 않아서 같은 조짐에서 다른 점사를 읽는 일도 비일비재하다. 여기서 시인은 점쟁이와 다른 길을 간다.

좌측통행에 집착하는 사람들,
고양이를 고층 아파트에서 내던지고
개의 두개골에 못을 박는 사람들,
불공정 계약에 익숙하고

노조와 아침우유를 거부하는 사람들,

나는 그들과 전쟁 중이네.

그들 속에 든 이것은 뭐란 말인가?

나는 등고선과 아침 햇살과 국수를 사랑하지만

올 여름의 기후는 예측하기 어렵네.

여름의 지리학을 완성하기 위해

나는 여기에 와 있네.

여름이 대지에서 기르는 것은 돌들.

햇빛 속에서 쑥쑥 자라는 돌들.

돌들의 욕망은 알 수가 없네.

자기 내면으로 침잠하는 돌들.

만약 우연과 신과 돌들의 욕망을 알 수 있었다면

나는 지금보다 덜 행복했겠지.

여름은 경계선을 새롭게 긋네.

여름의 다리를 건너고

여름의 문턱을 넘어서

나는 밀려오는 다정한 실패들을 사랑할 것이네.

더 휠 수는 없는 햇빛들,

빗발에 진 플라타너스 이파리들,

나무에 붙어 맹렬하게 우는 매미들,

좋아요, 좋아요!

익사하는 대신에 살기를 선택한 여자들이

예술의전당 미술관 앞 광장을 지나가네.

항구마다 포경선들은 쉬고

여름의 점성술 책이 점점 두꺼워지고 있네.

—「'여름'이란 말」 부분

여름의 열매들을 싫어하는 무리가 있다. 규율과 "관습"에 종속되기를 좋아하고("좌측통행에 집착하는 사람들") "불공정 계약"에 익숙한 반면, 동물을 죽이거나 학대하며 "노조"를 거부하는 자들이다. 곧 삶의 임의성을 미워하고 자유를 억압하며 생명을 경시하고 불의에 찬성하는 자들이다. 기존의 질서를 옹호하는 것은 예측 가능한 삶을 편드는 일이며, 바로 그것을 시초점이나 "점성술"이 가르쳐준다. 세계에 지식이 증가할수록 "여름의 점성술 책이 점점 두꺼워"지는 이유가 여기에 있다.

여름이 선사하는 열매를 받아들이려면 그 반대의 가능성을 받아들여야 한다. 예컨대 여름과 대지의 자식인 돌들의 삶을 보라. "돌들의 욕망은 알 수가" 없다. 돌의 내면은 인간에게 알려진 바 없다. 그 알 수 없음의 가능성을 받아들이도록 하자. 우리가 알 수 있는 것은 내면이 아니라 내면의 외화 곧 행동의 준칙과 결과일 뿐이다. 주역시편에는 실패의 미학이 있다. "나는 밀려오는 다정한 실패들을 사랑할 것이네." 징조를 찾을 수 없음, 찾았으나 해석할 수 없음, 해석했으나 적용할 수 없음. 우리는 이 모든 실패들을 받아들여야 한다. 그것이 천변만화하는 세계의 참모습이기 때문이다.

사실 주역의 언어는 유사과학의 담론이다. 주역의 언어에 경험적 사실과 부합하는 면이 있다고 해도 그것의 인과성은 과학적으로 검증될 수 없는 성질의 것이다. 그것은 오히려 뒤집힌 인과성이라고 해야 한다. 주역의 기록은 점괘에 따라 행동한 후에, 그 행동이 점괘와 부합한 것만을 남겨둔 것이기 때문이다. 이것이 딜레마다. "주역을 안다 하면 사기꾼이고 모른다 하면 어리석다."(「귀래관 104호」) 전자는 점쟁이가 되고 후자는 무지렁이가 된다. 우리는 잘못된 인과에 빠지지 않아야 하지만 불가지론에도 빠지지 않아야 한다. 유사과학을 벗어나되, 징조와 해석과 적용이 불가한 세계의 천변만화를 기술할 수 있는 방법은 무엇일까?

4

내가 보기에 주역시편이 선택하고 있는 방법은 다음의 셋이며, 이 지혜를 발설할 때에 주역시편은 특별한 빛을 발한다.

4-1

첫째, 숨은 인과가 있음을 인정하는 일. 우리에게 드러나지 않은 숨은 이유나 원인이 있을 것이다. 이건 물론 불가지론과는 다르다. 불가지론은 그런 인과 자체에 대해 판단을 유보하거나 포기하는 것이다. 우리가 '거기'에 대해 알 수 있는 방법이 없다면 '거기'라는 위상학적 장소가 사라져버린다. 인식할 수 없는 대상의 성격이 무소성(無所性)이다. 반면에 주역시편은 '거기' 를 먼저 할당해두고 그것의 의미론적 해석을 봉인해둔다. 시인이 '거기'에 붙인 이름은 신(神) 혹은 귀신이다.

> 어린 가수들이 팔과 다리를 꺾는 춤과
> 립싱크 노래가 흐르는 동안,
> 아버지의 손톱이 자란다.
> 서대문 적십자병원 중환자실은
> 아버지가 누추한 몸을 마지막으로 의탁한 암자(庵子)였다.
> 늙은 입적(入寂)이 슬프지는 않았다.
> 슬프지 않았기 때문에
> 길고 지루한 종묘제례악이나 거푸 들었다.
> 온 것은 가고 간 것은 온다.
> 늑대거미들이 사라지고
> 귀신들 그림자가 벽에서 휘청거리는 저녁에

나는 팥죽을 먹지 못했다.
노모가 있었다면,
노모가 있었다면,

—「팥죽」 부분

세계는 우리가 이해하지 못하는 불가해한 사실로 가득 차 있다. 인용하지 않은 전반부에서 예를 들자면 이런 식이다. "어느 날 가출했던 아이가 노랑머리로 돌아온다." "직박구리가 와서 우는데/내겐 어떤 괴로움도 없다." "스티븐 호킹 박사는 신이 없다고 선언한다." "시골 교회는 불이 꺼져 있다." 아이의 노랑머리는 아이가 겪었을 신산과 방황의 표시일 테지만 그것은 체험적 사실이지 불변의 진리가 아니다. 아이는 지락을 누리고 돌아왔을 수도 있다. 직박구리의 울음에서 괴로움을 떠올리는 것은 관습적인 생각이지만 실상은 그렇지 않을 수도 있다. 직박구리는 제 짝을 찾았을지도 모른다. 물리학의 세계에서는 신의 존재가 반드시 있을 필요는 없지만 그게 신이 없다는 증거는 아니다. 물리학의 법칙 자체가 신의 섭리일 수도 있다(이걸 이신론이라 부른다). 생활세계에서 신과의 소통을 주선하는 장소는 흔히 폐쇄되어 있지만 그게 신의 영업기밀이 누설되었다는 얘기는 아니다. 세계는 주역처럼 긍정과 부정, 양과 음으로 기호화되어 있는 것 같다. 하지만 자세히 보라. 거기에는 기호의 구멍과 틈새가 있다. 세계는 '~이다'는 사실 기술(이것이 긍정의 외피를 입는다)과 '~이 아닌 것은 아니다'라는 제한적 기술(이것은 이중부정의 형태를 띤다)로 설명되는데, 이 설명이 벌려둔 구멍과 틈새, 혹은 이 설명이 미치지 못하는 무능의 대가는 적은 것이 아니다.

그중에서 가장 고통스러운 것이 생로병사의 끝을 향해 가는 혈육의 존재다. 아버지는 중환자실에 누워 있는데 그 와중에도 손톱이 자란다. 죽음의 끝자리에서 관찰되는 손가락 끝의 저 성장이란 과연 무엇이겠는가? 그것이 대체 무슨 의미가 있는가? 시인은 이를 끝내 알 수 없을 것이라 부정하지 않고, 알 수 없음 자체를 긍정해버린다. 전자가 불가지론이라면 후자가 숨은 인과다. 거기에도 생활세계의 언어로 설명할 수 없는 음과 양의 짜임과 엮임, 곧 도가 있으리라. 중환자실은 "암자"가 되고 늙은 아버지의 죽음은 "입적"이 되리라. 그래서 나는 "팥죽"을 먹지 못한다. 내가 모르는 신령한 존재들, "귀신들"이 자리를 떠날까 두려웠기 때문이다. 이렇게 보면 "립싱크"도 진언이다. 진언이야말로 제 몸을 도구로 삼아 귀신의 언어를 받아 말하는 일인데, 아이들도 제 입을 도구화하여 다른 목소리를 내니 말이다. 저 어린 가수들도 "초경을 하지 않은 어린 무당들"이어서, 죽음의 끝에서 생명의 싹을 가까스로 틔워낸다. 그래서 통상의 인과로는 이해하기 어려운 문장이 완성된다. “립싱크 노래가 흐르는 동안,/아버지의 손톱이 자란다.”

신은 어디에나 출현한다. 우리가 이해할 수 없는 은닉된 인과의 자리마다 신의 작용이 있다. “떡갈나무 수만 개의 잎들에 수백만의 빗방울들이 열렸다 중력의 귀신들이 그 수백만의 빗방울들을 기어코 땅으로 끌어내린다.”(「잎과 열매」) 이것은 과학 법칙의 형태로 출현한 귀신이다. “개여 개여 짖지 마라 불길하다 불길하다 객사한 귀신들이 무덤 열고 나올라.”(「귀래관 104호」) 개는 귀신을 볼 수 있다고 하니, 이것은 개의 짖어댐을 역추적해서 얻어낸 귀신이다. “우연과 신과 돌들의 욕망을 알 수 있었다면/나는 지금보다 덜 행복했겠지.”(「‘여름’이란 말」) 이것은 모든 우연과 내면의 작용을 신이라 부를 때의 그 귀신이다. “잡신이 활개를 치니/나라에 우환이 많겠구나.”(「뒤편」) 이것은 근심걱정을 형상화한 귀신이다.

4-2

둘째, 표면적인 인과만을 인정하는 일. 인과를 기호의 역량으로 돌리면 기호의 형식으로 출현한 표면적인 인과가 만들어진다. 사실 이것은 기호의 무능을 통해 실제의 역량을 인정하는 일이다. ‘30분을 기다렸더니 버스가 왔다'고 하자. 30분을 기다린 것과 버스가 온 것은 사실 별개의 사건이다. 한 시간을 기다려도 버스가 오지 않을 수 있으며, 도착하자마자 버스가 올 수도 있다. 이것은 두 사건이 어떻게 접속되어 있느냐의 문제이지 두 사건이 어떻게 인과를 맺고 있느냐의 문제가 아니다. 주역의 인과를 이런 기호의 인과, 표면의 인과로 판단할 필요가 있다. 「역경」, 미제괘의 밑에서 네 번째 효사에는 이런 말이 있다. "점이 길하니 후회할 일이 없을 것이다. 진이 귀방을 토벌하는 데 이 점사를 써서 3년 만에 대국에서 상을 받았다."(九四, 貞吉悔亡, 震用伐鬼方, 三年, 有賞于大國) 뒤의 문장에는 역사적 사실이 숨어 있다. 은나라의 22대 임금 고종이 주나라의 계력(季歷, 문왕의 아버지)을 시켜 귀방(鬼方)을 치게 했다. 진(震)은 계력으로 대표되는 주족(周族)이며, 귀방은 은의 서북쪽을 차지하고 있는 세력이었다. 계력은 은의 명령에 따르는 것이 자신들에게도 이롭다 여겨 귀방을 정벌하였으며, 이 일로 3년 후에 큰 상을 받았다. 이것은 표면의 인과를 따른 것이지만 실제로는 어긋난 인과다. 길한 점괘를 따라서 정벌에 성공했다는 문장은 뒤집어 말하면 정벌에 성공했기에 길한 점괘라는 말 외에 다른 것이 아니기 때문이다. 실제로 계력이 세력을 크게 떨치자 은의 28대 임금 문정이 기회를 타서 계력을 죽였다.• 그러니 계력이 저 점괘를 따랐다가 죽임을 당했다고 말해도 틀린 말은 아닐 것이다. 주역은 뒷이야기를 잘라서 표면적인 인과만을 살려놓는다. 주역시편은 이런 인과의 빈틈을 드러냄으로써 실제 세계의 모습을 보여준다.

해가 뜨네.
금은(金銀)의 울음을 울며
살자 하네.
해가 있으니 밥술이나 떠먹고
버드나무가 있으니 그 아래를 걸었지.
살았으니까
살아졌겠지.

이미 얼면
얼지 않네.
늦지 않으려면 늦어야 해.
가지 않으려면 가야 해.
오지 않으려면 와야 해.
죽지 않으려면
죽어야 해.

• 김인환, 앞의 책, 485쪽. 효사의 번역은 이 책에서와 조금 다르게 했다.

달 아래 버드나무 그림자 짙고
버드나무 아래
한 사람이 걸어가네.

살면 살아지네.
버드나무 아래 한 사람이 걸어가네.
내가 만약 버드나무라면,
네가 만약 버드나무라면,

—「달 아래 버드나무 그림자」 전문

해가 있으니 밥을 먹었다. 버드나무가 있으니 그 아래를 걸었다. 표면적으로는 앞의 조건절이 원인이고 뒤가 결과지만 이면적으로는 그럴 수가 없다. 실제로는 무의미한 조건절을 걸어둠으로써 이유를 찾지 못하는 텅 빈 삶, 그저 먹고 그저 걷는 무의미한 내면을 폭로하는 셈이다. 2연의 모순이 폭로하는 것도 그것이다. 얼면 얼지 않고 늦지 않으려면 늦어야 한다. 앞의 조건절은 변화와 전환으로서의 '얼다'와 '늦다'이며, 뒤의 부정/당위문(얼지 않다/늦어야 한다)은 상태와 속성으로서의 '얼다'와 '늦다'이다. 이미 얼어 있으면 얼게 되는 과정은 발생하지 않으며 이미 늦었으면 늦어지는 일은 생기지 않는다. 이 모순을 밀고 가면 "죽지 않으려면/죽어야 해"와 같은 극단에 이른다. 죽어 있다(be dead)면 죽다(die) 곧 '삶에서 죽음으로 이행하다'가 일어날 수 없다. '살고자 하면 죽을 것이요, 죽고자 하면 살 것이다' 따위의 세속적인 잠언과 같은 말이 아니다. 사실 이것은 4연 "살면 살아지네"와 같은 비대칭적인 진술을 끌어내기 위한 전제다. 4연의 동어반복은 앞의 모순('죽으면 죽지 않는다')을 다시 뒤집어 얻어낸 모순의 모순('살면 살지 않는다'의 부정, 곧 '살면 산다')이며, 그로써 삶의 철학(어떤 일이 있어도 삶을 영위해야 한다)으로 변환된다. 결국 마지막 조건절("내가 만약", "네가 만약")은 "버드나무 아래 한 사람이 걸어가네"와 무관한 표면적인 인과의 표시에 지나지 않는 것이 되었으며, 그로써 앞 문장의 실존적 정황을 부각시키는 기호의 표지가 되었다.

주역시편의 이곳저곳에서 동어반복과 모순이 교차로 출현하며 이런 기호의 무능과 그로써 드러나는 실제 세계의 역량을 동시에 증언한다. "칸나에겐 칸나의 말을 하게 하고/타조에겐 타조의 말을 하게 하라."(「일요일」) 이것은 만상이 제 나름의 기호를 갖고 있다는 것을 뜻한다. "가을이 다 가도 갈 수 없다./기어이 가야 한다."(「서쪽」) 이것은 거듭된 "가"라는 소리의 출현을 통해서 갈 수 없음과 가야 함을 대비한다. "그는 어디에 있는가 어디에도 없고 어디에나 있다."(「귀래관 104호」) 이것은 그의 정체가 정주가 아니라 방랑임을 뜻한다. "청국장은 청국장을 모르고 사랑은 사랑을 몰라라."(「늦가을 저녁부엌」) 이것은 사랑에 자의식이 없음을 뜻한다.

4-3

셋째, 운명에 자유의지를 포함하는 일. 둘은 사실 달라 보이지만 같은 것이다. 운명은 필연이지만 이때의 필연은 스스로의 선택에 따른 능동적인 필연이기 때문이다. "아침엔 다리가 넷이다가 낮엔 둘,/저녁엔 셋이 되는 하루여./마치 태어나서 미안하다는 얼굴이구나."(「하루」) 우리에겐 매일이 (오이디푸스가 맞닥뜨린) 스핑크스와의 대면이다. 스핑크스가 낸 수수께끼의 답은 인간이다. 수수께끼는 우연의 형식(아침에는, 점심에는, 저녁에는……)으로 필연의 실체(인간은 나고, 살고, 늙는다)를 드러낸다. 오이디푸스는 스핑크스의 수수께끼를 반만 풀었다. 사실 수수께끼는 오이디푸스의 운명을 지시하고 있기도 하다. 그는 어렸을 때 아버지에 의해 버려졌고(네 발로 기었고) 커서는 왕이 되었으며(두 발로 섰으며) 늙어서는 추방되어 딸 안티고네에게 의지했다(세 발이 되었다). 그 운명의 계기마다 자유의지에 따른 선택이 있다. 신탁을 듣고 아버지는 아들을 죽이려고 했으며, 신탁을 듣고 아들은 옛집을 떠났고, 신탁에 따라 왕은 저 자신을 벌했다. 그렇다면 신탁은 저들의 행동을 추인하는 점괘일 뿐, 저들의 행동을 강제하는 운명이 아니지 않은가? 매번 선택해야 할 순간마다 인간은 자유의지를 발휘하며, 그것의 집적이 운명이 된다.

2할 5푼을 치는 타자에게는 2할 5푼의 인생,
3할 7푼을 치는 타자에게는 3할 7푼의 연봉,
타석에 서지 못한
연습생 타자에게는 연습생의 고독이 있다.
이번 생에 불운이 있었고
그보다는 더 자주 행운이 따랐다.
빈 궤적을 그리는 헛스윙들,
그 많은 실패들이 다정한 까닭이다.

—「좀비들」 부분

3할 타자에게는 높은 연봉과 스포트라이트가 주어질 것이고 2할 타자에게는 낮은 연봉과 팬들의 외면이 있을 것이다. 연습생에게는 고독만이 있을 것이고. 그런데 이것을 자본의 피라미드라 부를 필요는 없을 것이다. 저들의 실력이 선택(자유의지)의 결과라는 얘기가 아니다. 타자는 늘 선택을 한다. 100번을 휘두르면 100번을 선택한 것(공을 맞추겠다는 의지를 보인 것)이며, 50번을 휘두르고

50번을 가만히 있었다면 좋은 공을 맞추겠다는 절반의 의지와 나쁜 공을 피하겠다는 절반의 의지를 보인 것이니 역시 100번을 선택한 것이다. 100개 중 37개의 공을 쳐내면 3할 7푼이다. 그건 내 방망이가 37번 날아오는 공에 '맞았다'는 뜻이다. 공을 맞추겠다는 자유의지가 운명의 강제 아래서 37번 구현되었을 뿐이다. 이것이 앞에서 말한 가능성이다. 반면 100번의 휘두름은 공을 맞출 수도, 맞추지 못할 수도 있다. 이것이 앞에서 말한 잠재성이다. 자유의지는 이 잠재성의 구현이므로 가능성보다 크며, 따라서 실패에서 저 자신의 역량을 최고도로 발휘한다. 37번에는 공의 선택이라는 수동적, 운명적 조건이 있지만, 63번에는 운명과는 무관한 능동적 의지만이 있기 때문이다.

주역시편이 패배를 예찬하는 까닭, "그 많은 실패들이 다정한 까닭"이 여기에 있다. "'패배'를 더는 모르는 불행을!"(「'패배'라는 말」) 이것은 불행이 자유의지로 선택한 패배의 최종적인 국면이라면 받아들이겠다는 뜻이다. "너는 네 배후로 불굴의 패배를 부양하는구나 패배를 배우지 못한 것들이 거들먹거린다."(「잎과 열매」) 이것은 패배하겠다는 의지야말로 진정한 자유의지임을 말한다. "모든 실패는 어리고 순진하다."(「서쪽」) 이것은 실패에만 순수한 최초의 자유의지가 깃들어 있다는 말이다.

그러니 자유의지에 따른 선택과 그것의 집적만이 운명을 만들어낸다. 점쟁이들은 이 운명이 시간을 복속하고 있다고 가르친다. 시간을 지배하는 운명은 가장 타락한 형태의 결정론이다. 주역의 속화된 가르침을 깨고, 주역의 안팎에서 세계의 모습을 세우기 위해서 시인은 우리가 우리 자신의 의지를, 그것도 순수한 실패에 대한 의지를 가져야 한다고 말한다.

5

주역과 시의 가장 큰 공통성은 둘 다 유비의 지평을 품었다는 점에 있다. 천변만화의 생생함을 어떻게 체계에 통합할 수 있는가. 그것은 그 변화들의 패턴을 찾아내는 것이다. 그로써 사람과 삶과 사연이, 동물과 사물과 역사가, 땅의 만사와 하늘의 이치가 동일한 평면에 배열된다.

> 빨랫줄에는 미처 걷지 못한 이불 홑청,
>
> 뻣뻣하게 언다.
>
> 누가 죽으려다 만다.
>
> —「저녁들!」 부분

이 유비는 말의 유비다. "미처"와 "~려다 만다"는 어떤 직전(直前)을 기준 삼아 실행을 부정하거나 취소한다는 뜻이다. 말의 법은 세계의 결을 따라간다. 말의 법, 곧 문법이 세계를 기호와 상징으로 만드는 법이기 때문이다. 따라서 이 유비는 이차적으로는 세계에 대한 어떤 태도를 함축한다. 태도란 무릇 정념의 발생기(發生器)다. 어쩌나, 빨래를 미처 못 걷었네. 누가 죽으려다가 그만두었네, 저를 어째. 이로써 유비는 끝내 정감의 차원에 속한 어떤 것이 된다. 이런 예는 이 시집에 아주 많다.

> 소년은 부드러운 안쪽을 모아
> 바깥으로
> 뾰족하게 내민다.
> 비비추의 파릇한 촉들,
> 송아지 뿔의 예각.
>
> —「입술」 부분

입술을 비죽 내미는 소년과 촉을 내는 비비추, 뿔을 내는 송아지가 모두 동일한 지평에 들었다. 각각의 생생지변은 다르나 그것들의 패턴은 같다. 이렇게 본다면 주역과 주역시편은 패턴의 체계, 곧 계사(繫辭)의 체계이기도 하다. 계사란 저 자신이 실체가 아니면서 실체로서의 주사와 빈사를 연결하는 말이다. 마침 「역전」의 두 장 이름이 「계사」다. 하나(도)에서 둘(음과 양)로, 다시 여덟(8괘)로, 또다시 예순넷(64괘)으로 확장되는 것은 계사의 범주를 넓혀 실체들을 품을 수 있는 영역을 확보하는 일이라고 볼 수 있다. 그로써 주역과 주역시편은 끝내 모든 세계를 덮는 그물이 된다. "역은 너무도 넓고 크고 (…) 역 안에 천지가 있다."(「입춘」) 물론 역이 천지는 아니다. 우리는 주역시편에도 동일한 말을 해줄 수 있을 것 같다. 이 시집은 너무도 넓고 크다. 이 시집 안에 천지가 있다. 물론 이 시집이 천지는 아니다. 그러나 당신이 세계의 어떤 부분을 건져 올리고 싶다면 이 시집을 그물로 써도 좋을 것이다. 점괘 대신에 세계의 전변하는 패턴을 얻을 것이니.

문예중앙시선 013
오랫동안

초판 1쇄 발행 | 2012년 1월 30일
초판 2쇄 발행 | 2012년 2월 17일

지은이 | 장석주
발행인 | 김우석
편집장 | 원미선
책임편집 | 박민주
편집 | 박성근
마케팅 | 공태훈, 신영병

디자인 | 오필민디자인
인쇄 | 영신사

발행처 | 중앙북스(주)
등록 | 2007년 2월 13일 (제2-4561호)
주소 | (100-732) 서울시 중구 순화동 2-6번지
전화 | 1588-0950
홈페이지 | www.joongangbooks.co.kr

ISBN 978-89-278-0296-9 03810

• 이 책은 문예진흥기금(2011년)을 지원받았습니다.